C'était un village
1914-1916

Pierre ANTOINE

C'était un village 1914-1916

ÇA
Auteurs

Du même auteur aux Editions Maé-Erti :

– *Orages en mai*
– *Les martinets de l'Arcange*
– *Les feux éteints*
– *Ivan, ma vie de chien*
– *Centenaire, R.C.F.C. - B.R.C.*
– *Les Granges-du-Château*
– *Les Faïenciers du Verneau,* tome 1
– *Les Faïenciers du Verneau,* tome 2

Première de couverture : Pastel de Josette Midot (Atelier de l'Esquisse)

AVERTISSEMENT

Les hommes et les femmes qui animent ce roman ont été imaginés par l'auteur. Donc, toute ressemblance avec un personnage existant ou ayant existé, ne peut être que pure coïncidence.

Sont cependant respectés les noms des personnes célèbres qui ont acquis une notoriété publique.

1

A la sortie de la messe dominicale ce dernier jour de mai 1914, les fidèles de Bezonvaux et leurs invités devisaient joyeusement devant l'église par groupes d'affinités d'hommes et de femmes. C'était un moment privilégié de rencontre hebdomadaire au cours duquel s'échangeaient les dernières nouvelles du village.

Le dimanche de Pentecôte était, cette année, plus important que d'ordinaire, car M. le curé l'avait choisi pour célébrer la communion solennelle de trois filles et de deux garçons, enfants de la paroisse. Les communiants étaient très entourés, fiers dans leurs beaux atours dont ils rêvaient depuis plusieurs semaines : les garçons dans leur costume sombre, brassard blanc au bras gauche ; les filles, dans leur robe blanche, coiffées d'un bonnet auquel était attaché un long voile blanc. Le photographe venu de Verdun attendait les communiants retenus par les mères qui rajustaient quelques détails dans la tenue ou la coiffure de leur enfant. Le photographe fit plusieurs essais, mais plaça finalement les garçons de part et d'autre des trois communiantes.

Les poses terminées, la famille Moser, dont la ferme était très à l'écart du village, se hâta de rentrer. Les hommes laissèrent les femmes partir devant car elles avaient le souci du repas.

Paul, le communiant, tenait la main de son grand-père Marius Moser, un ancien moblot de la guerre de 1870. Il ravivait souvent des souvenirs de cette époque peu glorieuse. De la classe 66, il était parti pour accomplir un service militaire de sept ans, ramené à cinq, deux ans plus tard. Libéré en 1871, après le traité de Francfort qui céda à l'Allemagne une partie de sa Lorraine natale, il épousa Honorine, une fille de cultivateurs d'Ornes, un village voisin. Ils eurent la joie d'accueillir deux beaux garçons, Jean et Joseph. La relève était assurée. Deux solides gaillards qui aimaient le métier de la terre. Leur père, un homme exigeant, aux principes rigoureux, les avait prévenus qu'ils ne quitteraient pas l'école tant qu'ils n'auraient pas en poche le certificat d'études primaires. L'aîné le réussit à douze ans et fut dispensé de continuer ses études jusqu'à treize ans, âge limite de la scolarité obligatoire imposée par la loi. L'année suivante, son frère Joseph passa, lui aussi, l'examen avec succès.

Ce renfort en main-d'œuvre incita Marius Moser à acquérir de nouvelles parcelles. Il avait tablé sur la culture plutôt que sur l'élevage. Comme tout le monde, il prit de plein fouet la crise agricole qui sévissait à la fin du siècle dernier. Une période dont il gardait un très mauvais souvenir car, pendant les deux années au cours desquelles ses deux fils étaient à l'armée, il dut employer un journalier, alors que l'agriculture était en pleine dépression. Le retour de Joseph coïncida heureusement avec une reprise générale des prix des céréales, de la pomme de terre et de la betterave à sucre. La famille Moser envisagea l'avenir sous de meilleurs auspices. Cependant, Marius et Honorine avaient remarqué que Joseph n'était plus le même. Il avait perdu l'entrain qu'ils lui connaissaient avant de partir à l'armée. Sa mère essaya de savoir ce qui le préoccupait mais, chaque fois, Joseph coupait court à toute discussion jusqu'au jour où il annonça à ses parents qu'il était très malheureux d'être éloigné de Juliette, une jeune fille qu'il avait connue pendant son service militaire à Besançon. Son père lui répliqua qu'il avait l'âge de se marier, de fonder un foyer et qu'il était content d'apprendre que sa promise était une fille de paysans. « C'est sans doute une travailleuse, ajouta-t-il, nous serons heureux de l'accueillir dans notre famille et de vous avoir auprès de nous. » Les parents Moser déchantèrent très vite quand Joseph osa enfin leur avouer qu'il quitterait le domaine après son mariage. Juliette devait, en effet, aider ses parents à tenir la ferme car son frère ne voulait plus continuer. Par l'intermédiaire d'un camarade de chambre, il entra aux chemins de fer à Besançon. Aussi, les parents de Juliette furent-ils ravis lorsqu'elle leur présenta

Joseph, son prétendant, qui exerçait le métier de cultivateur. Quant aux Moser, ils restèrent des jours à se remettre du choc qu'ils avaient encaissé. Jean, aussi surpris que ses parents, discuta aussitôt de la situation avec son père et des dispositions à prendre pour conserver l'exploitation des surfaces cultivées. La raréfaction de la main-d'œuvre, liée à l'exode rural, ayant provoqué la hausse des salaires agricoles, Jean proposa à son père d'acquérir une faucheuse à deux chevaux et une moissonneuse-lieuse. Une modernisation qui les incita à améliorer la productivité du sol en utilisant des engrais chimiques.

L'esprit familial demeura intact dans le clan Moser. Les parents accompagnés de Jean se rendirent en Franche-Comté au mariage de Joseph, les voisins ayant volontiers accepté d'aider Marthe, l'épouse de Jean, restée à la ferme avec ses deux enfants âgés d'un an et de quelques mois. A la naissance de Paul, le troisième enfant, Jean demanda à son frère d'être son parrain.

Arrivés en vue de la ferme, Marius s'arrêta. Il scruta un ciel, enfin débarrassé des nuages qui avaient perturbé toute la matinée le rayonnement du soleil. Il ôta sa veste car il était en sueur. Jetant un regard circulaire sur ses champs, il dit à Paul, son petit-fils :

– Si enfin on avait une période de beau temps pour dorer nos céréales et faire les foins dans une quinzaine de jours !

S'épongeant le visage écarlate avec son grand mouchoir à carreaux, il demanda à son petit-fils :

– Tu es content de travailler avec nous à la ferme, après le certificat d'études ?

– Oui, si je réussis.

– Je ne suis pas inquiet. Ton maître, que j'ai rencontré tout à l'heure, est très satisfait de toi.

Midi carillonna à l'église du village. Marius attendit ses fils qui étaient en compagnie de Germain, son autre petit-fils et Félicien, le beau-père de Jean. Ils marchaient lentement et leur cria d'accélérer.

– Tu as pu suivre la messe sur ton beau missel ? questionna le grand-père.

– Oui. M. le curé nous a montré comment s'en servir.

– As-tu pensé à ta grand-mère ? Elle te gâtait !

Les retardataires les rejoignirent. Eux aussi avaient tombé la veste. S'adressant à son père, Joseph dit :

– Je constate que les cultures ne sont pas plus en avance qu'en Franche-Comté.

– Sûr, ça manque de soleil, répliqua son père.

Jean répondit aux appels de sa femme et de sa fille qui semblaient s'impatienter.

– Dépêchons-nous, le repas est prêt. Heureusement, M. le curé a fixé les vêpres à trois heures et demie, rappela Jean.

Ils quittèrent la route et pénétrèrent dans l'enceinte de la ferme au moment où s'annonçait le train qui passait à proximité du domaine. Il assurait la liaison Verdun-Montmédy. Depuis le mois dernier, il s'arrêtait à Bezonvaux. Joseph se souvenait que son père enrageait contre le tracé de cette voie ferrée en plein milieu de ses champs. A contrecœur, il dut céder le terrain nécessaire à la réalisation de la ligne. Les transactions terminées et les travaux commencés, auxquels participèrent des jeunes gens de la région, il se résolut à tourner la page.

– Le village est maintenant bien desservi, fit remarquer Joseph à son frère.

– Oui, il y a deux allers-retours par jour, répondit Jean, qui retint son frère par le bras, avant de franchir la porte de la cuisine et lui glissa en aparté : « Notre père reconnaît aujourd'hui que cette liaison ferrée est pratique, car elle facilite nos expéditions de récoltes de céréales ».

Parée d'une nappe blanche ajourée, la table avait été dressée dans la cuisine, plus spacieuse et mieux chauffée que le poêle. Paul avait sa place au milieu, entouré de son parrain Joseph et de sa marraine Justine, la sœur cadette de Marthe, restée célibataire. Les grands-parents du communiant étaient en face.

Chaque convive avait devant son assiette un petit cornet de dragées. Joseph demanda à son filleul si son grand-père ou ses parents lui avaient conté l'origine de la dragée de Verdun. Paul se balança sur sa chaise et avoua timidement, en se grattant le front, qu'il ne s'en souvenait plus.

– Pourtant je te l'ai expliqué, répliqua le grand-père Marius, en fronçant les sourcils.

– Alors, je vais te rafraîchir la mémoire et ta marraine m'aidera peut-être, avança Joseph.

Justine fit le dos rond, pinça ses lèvres et reconnut une totale ignorance.

Pendant que son frère remplissait les verres d'un vin rouge sélectionné par son père, Joseph se lança :

– C'est une vieille histoire qui remonterait au XIIIe siècle. Au fait, mon petit Paul, nous sommes dans quel siècle ?

– Ben, le 20e siècle !

– Donc, il y a sept siècles, un apothicaire verdunois – qu'on appellerait aujourd'hui pharmacien – aurait enrobé de sucre et de miel, les amandes qu'il souhaitait conserver. Voilà comment est née cette friandise, recommandée pour soigner les problèmes de digestion.

– J'ai pensé que tu serais content de repartir demain, avec un assortiment de dragées de Verdun, intervint Marius.

– Merci papa. Il faudra que je les mette en lieu sûr, sinon, connaissant mes deux garçons, aussi gourmands que leur père, elles seront consommées en une journée, répondit Joseph.

Justine et sa mère clamèrent leur admiration, lorsque Marthe et sa fille Rose, posèrent sur la table deux pâtés lorrains appétissants et dorés à point.

Marthe les avait préparés la veille. Elle avait également cuisiné les deux lapins et confectionné les œufs à la neige du dessert. Le matin avant la messe, Rose n'avait plus qu'à mettre le couvert et décorer la table avec deux vases de pivoines blanches.

Les convives apprécièrent les talents culinaires de Marthe qui reçut à chaque plat des compliments mérités. Régine, sa mère, était fière de la réussite de sa fille et il s'en suivit des commentaires sur la façon de cuisiner de chacune. Quant aux hommes, qui appréciaient les vins d'accompagnement, leurs sujets de conversation se rapportaient surtout à leur métier d'agriculteur et à ses perspectives d'avenir.

Après le dessert, Marthe remarqua que son beau-père peinait à maintenir ouvertes ses paupières alourdies par le sommeil. Chaque jour, il faisait régulièrement une petite sieste. Marthe s'empressa de servir le café et la brioche car l'horloge venait de carillonner trois heures. M. le curé avait recommandé aux communiants d'être à l'église un quart d'heure avant les Vêpres. Rose apprêta Paul, tandis que Joseph se leva de table en même temps que son père, heureux de bouger et de se détendre.

Tout le monde vint embrasser les parents de Marthe qui devaient repartir à Ornes pour traire et soigner leurs animaux et ne pouvaient, de ce fait, assister à l'office. Justine avait prévu de rentrer le lendemain après la messe d'action de grâces.

La maison retrouva son calme. Jean, qui restait avec Germain, revint avec une bouteille de mirabelle de la dernière distillation qu'il fit goûter à son beau-père, avant de reprendre la route.

2

Assis à côté de son père, tenant fièrement en main les rênes, Paul guidait Câlin, un jeune cheval bai de trois ans, à la crinière noire, dernière acquisition des Moser. Il le faisait trottiner en traversant la forêt domaniale de Vaux, habituellement agréable et ombragée par temps chaud, ce qui n'était pas le cas ce lundi 27 juillet où la température était plutôt fraîche. Depuis la réalisation du plan de défense à la frontière et la construction des forts dans la région, les routes étaient régulièrement entretenues par les services de l'armée.

Ils étaient partis au petit matin, car Paul devait être présent pour l'appel des candidats, prévu à sept heures et demie. Pendant le trajet, Jean, qui était aussi angoissé que son fils, essaya de le détendre en parlant de ses camarades d'école, des vacances qui commençaient à la fin de la semaine, des prochaines moissons qui risquaient d'être retardées à cause du mauvais temps. Arrivés devant l'école, ils se dirigèrent vers l'un des groupes de candidats réconfortés par les maîtres et les parents. Paul reçut les ultimes recommandations de son père, qui lui lâcha la main et l'encouragea par une petite tape affectueuse dans le dos lorsqu'il fut appelé.

Après avoir attaché Câlin au tronc d'un arbre, à proximité de l'école, Jean erra dans le bourg, puis entra dans un café où il consomma une bière. Il s'empara du journal laissé par un client sur la table voisine. A la une, le quotidien titrait : « Ultimatum de l'Autriche à la Serbie ». Au courant de l'assassinat de l'archiduc-héritier François-Ferdinand à Sarajevo par des jeunes nationalistes serbes, Jean s'empressa de lire l'article assez pessimiste quant à un règlement pacifique entre l'Autriche et la Serbie. Il paraissait, en effet, peu probable que la Serbie cédât à toutes les clauses de l'ultimatum, dont l'une consistait à mettre pratiquement l'administration serbe sous la tutelle de l'Autriche. La sérieuse tension entre ces deux Pays inquiétait l'Europe, d'autant que les propositions de bons offices de certains Etats semblaient avoir peu de chances d'aboutir, dans ce délai si court de quarante-huit heures imposé par l'Empire austro-hongrois.

Ces graves événements tourmentèrent Jean qui brassa dans sa tête des idées plus ou moins alarmistes. Si l'Autriche devait entrer en guerre, l'Allemagne ne manquerait pas l'occasion de lui apporter son soutien, ce qui provoquerait inévitablement l'intervention d'autres Etats. Dans l'hypothèse où la France s'engagerait dans la guerre, Jean se rassura en pensant qu'à quarante et un ans, il n'appartenait pas aux classes prioritairement mobilisables.

Au café, pendant le repas de midi, il essaya de répondre à l'impatience de Paul, à ses questions sur certains points des épreuves de la matinée. Il s'employa surtout à le tranquilliser, à le sortir du moule de l'examen. Ce ne fut pas facile dans une salle devenue bruyante où des candidats les avaient rejoints, accompagnés de leur maître ou de leurs parents. Certains élèves grimaçaient, d'autres faisaient éclater leur joie en prenant connaissance des solutions d'arithmétique. Paul aurait aimé savoir, lui aussi, mais son père avait hâte de quitter cette atmosphère enfumée car, à son retour du service militaire, il avait renoncé à la cigarette.

Dehors, ils apprécièrent une chaude et éphémère percée du soleil dans un ciel encore très nuageux. Ils détachèrent Câlin et l'emmenèrent boire dans le bassin de la fontaine sur la place publique. Jean laissa Paul au milieu des candidats qui attendaient la reprise des épreuves orales. Il attela Câlin à la calèche et prit la direction de la Meuse. Ayant deux heures devant lui, il cherchait surtout le moyen de tuer le temps.

A l'extérieur du bourg, il aventura Câlin dans un chemin de terre entre des champs de céréales dont le mûrissement n'était pas plus avancé qu'à Bezonvaux. Accédant à un espace dégagé, Jean laissa Câlin sous un frêne et s'approcha de la rive. La Meuse, encore gonflée par les récentes pluies, avait un fort débit. L'endroit était calme. Non loin de là, un jeune homme pêchait. Jean déploya une couverture et s'assit. Tout en suivant le flotteur du pêcheur, il se remémora l'article du journal qui ne cachait pas la gravité de la tension internationale. Depuis 1871, la frontière avec l'Allemagne s'était rapprochée. A vol d'oiseau, Bezonvaux n'en était qu'à une quarantaine de kilomètres. Et s'il devait être rappelé, comment son père, à soixante-huit ans et son fils Germain, à seize ans, feraient-ils pour gérer un domaine de quatre-vingts hectares ?

Jean consulta sa montre. Le temps ne filait pas assez vite à son gré. Quelque peu agité, il s'étendit sur le dos. Les yeux fixés sur le ciel aussi perturbé que lui, il se dit que l'Autriche et la Serbie s'en remettraient peut-être sagement à l'arbitrage proposé par l'Angleterre.

Devinant que Paul en avait terminé avec l'oral, Jean se sentit encore plus anxieux. Commençait alors, l'angoissante et longue attente avant la proclamation des résultats. A quatre heures et demie il repartit. Passant devant une boulangerie-pâtisserie, il s'arrêta et acheta une brioche ainsi qu'un assortiment de dragées.

Il parvint à l'école. Son fils était en discussion avec le camarade dont il avait fait connaissance le matin et qui habitait Vaux-devant-Damloup. Il les rejoignit et leur demanda comment ils s'étaient comportés aux interrogations orales. Paul répondit d'un geste évasif. Il grimaça en parlant de l'Histoire, mais se montra assez satisfait du restant des épreuves.

Ils patientèrent encore une heure avant de voir apparaître l'Inspecteur et le Président de la Commission d'examen. Les conversations cessèrent. Les enfants s'approchèrent, suivis des parents. Dans la bousculade, Jean réussit à rester auprès de son fils et ne tarda pas à entendre le nom de Paul, parmi les lauréats ayant obtenu une mention. Paul sursauta de joie en se tournant vers son père, visiblement fier du succès de son petit dernier. Il le serra chaleureusement et affectueusement contre lui. Jean aurait souhaité reprendre la route aussitôt mais Paul voulut connaître la suite des résultats et en particulier, savoir si son voisin de table à l'examen, avait lui aussi réussi. Dès que son nom fut prononcé, il lui fit signe, puis rejoignit son père qui s'était mis à l'écart. Jean assista à des explosions de grande joie tandis que des parents quittaient tristement les lieux, en consolant leur enfant en pleurs.

Paul se régala d'un bon morceau de brioche et entama sérieusement un sachet de dragées. Son père lui laissa ce plaisir. Il l'avait mérité. A peine s'était-il garé sur l'*usoir* * que Paul aperçut sa grand-mère dans le poulailler. Il sauta prestement de la calèche et courut rapidement lui annoncer son succès. Il en ressortit

---

* Usoir : en Lorraine, espace entre la chaussée et les maisons, servant à entreposer le fumier, le bois, les chariots…

aussitôt et se précipita vers l'étable où, Justine, sa marraine, aidait son père à la traite.

Pendant que Jean donnait à boire à Câlin, Paul réapparut avec Patou, un setter Gordon que son maître emmenait à la chasse.

– Il est content, fit la grand-mère, en regardant son petit-fils qui lançait un morceau de bois à Patou.

– Oui, le voilà tranquillisé. Il aimait bien aller à l'école, mais cette fois, au travail à la ferme, comme tout le monde ! répondit Jean.

Sur le seuil de la porte de la cuisine, Justine appela son filleul dont les joues commençaient à rougir. Elle l'embrassa et glissa dans sa poche une pièce à mettre dans sa tirelire.

Patou, haletant, s'était couché auprès de Félicien, venu saluer son gendre. Ils échangèrent des nouvelles de la famille, de l'instabilité du temps, espérant un mois d'août meilleur et plus chaud, en prévision des moissons.

Jean remercia ses beaux-parents qui les invitaient à entrer et à prendre un verre. Il ne souhaitait pas s'attarder, ayant l'intention de s'arrêter chez l'instituteur de Paul. Il était déjà presque huit heures, et la famille Moser devait s'impatienter.

L'arrêt chez le maître de Paul fut très court car un collègue du village voisin lui avait communiqué les résultats. Il n'était pas inquiet. Paul était un très bon élève dans toutes les matières enseignées et il ne doutait pas de sa réussite.

Jusqu'à l'arrivée au domaine, Jean demeura silencieux. Il était tourmenté par les propos insistants de l'instituteur. « Paul est doué pour les études. Dommage qu'il ne continue pas. Réfléchissez M. Moser. Il est encore temps. Je peux vous aider à le faire entrer au collège à Verdun. »

Brusquement, au moment de quitter la route, il demanda à Paul :

– C'est décidé ? Tu veux travailler à la ferme ?

– Oui, comme mon frère.

Apercevant sa mère et sa sœur assises sur le banc de pierre devant la maison, Paul exprima sa joie en faisant des moulinets avec un de ses bras. Boby, l'épagneul, les accueillit par des aboiements. Dès que Paul fut à terre, il lui emboîta le pas. Chaudement félicité par sa mère et sa sœur qui s'empressèrent de lui poser quelques inévitables et banales questions tout en l'accompagnant à la cuisine où le grand-père, calé dans son fauteuil, luttait contre le sommeil. Il avait hâte d'être dans son lit, lui qui, à neuf heures, était déjà habituellement couché. Il se doutait que son fils avait fait une halte chez les Marchal, ses beaux-parents.

Marius sursauta quand Paul ouvrit brusquement la porte en claironnant sa réussite avec mention. Le grand-père, ému, le pressa affectueusement contre lui, puis se leva et gagna sa chambre.

La cuisine devint très animée. Paul discutait avec ses frère et sœur qui avaient eux aussi leur certificat d'études. Jean qui n'avait mangé qu'un morceau de brioche en cours de route, huma un fumet qui le réjouit en entrant dans la cuisine. Marthe leur préparait des œufs au plat sur des tranches de lard.

Le grand-père réapparut et vint s'asseoir à sa place, en bout de table, à côté de son fils. Il interpella Paul et lui fit signe de venir.

– Tu vois, dit-il, en attirant Paul contre lui, quand on travaille, on est récompensé. Comme ton papa, ton oncle Joseph, Rose, Germain, tu as obtenu ton certificat d'études, et brillamment. Tu as fait honneur à notre famille.

Et le grand-père lui remit une grosse pièce pour sa tirelire, en lui recommandant d'écrire la bonne nouvelle à son parrain.

Marthe posa la poêle sur la table. Jean servit son fils et dit à son père :

– Je pense qu'il faudrait commencer demain la moisson de l'orge.

– Oui, il est à maturité. J'ai été dans les champs du haut derrière le château. La paille est bien jaune, les épis se courbent et les graines se détachent.

– Le temps devrait se maintenir sans pluie cette semaine.

– On pourra terminer l'orge et entreprendre les autres céréales la semaine prochaine.

– Du battage et des livraisons en perspective, commenta Jean en prenant du fromage blanc.

– Servons d'abord nos clients habituels et on verra si on peut satisfaire ce brasseur-artisan qui a demandé si on pouvait le fournir, dit le grand-père en se levant. Il est neuf heures et demie, ajouta-t-il, ma nuit sera courte bien que j'aie pris un petit acompte en attendant notre lauréat.

Jean se garda de relater à son père et à sa famille les inquiétantes nouvelles rapportées par le journal, d'autant que les Pays concernés avaient peut-être réussi à s'entendre. Il donna les consignes pour le lendemain, laissant Paul à la disposition de Marthe et de sa sœur.

Le soleil réapparut de façon plus durable dans le courant de la semaine. La nature reprenait ses couleurs estivales et la campagne était en pleine effervescence. Dès la traite terminée, les animaux conduits en pâture, les paysans partaient moissonner. Les journées étaient longues, entrecoupées à midi d'une pause au cours de laquelle on savourait tranquillement le casse-croûte apporté par les femmes quand les champs étaient trop éloignés de la ferme. Ce vendredi soir, Jean et Germain déchargeaient les gerbes d'orge dans un hangar attenant, en prévision du battage, lorsque Marius Moser les rejoignit, attardé par son voisin de champ avec qui il avait lié conversation.

A son fils, qui venait de sauter lestement du chariot, et qui poussait un soupir de soulagement, il dit, à voix basse, pour ne pas être entendu de son petit-fils :

– Le Jules Mathieu vient de m'apprendre que c'est la guerre entre l'Autriche et la Serbie et que son fils, qui était en permission, avait été rappelé. Il paraît aussi que les troupes qui étaient en manœuvre dans des camps, regagnent leur caserne.

Adossé au chariot, essuyant la sueur de son visage avec un pan de sa chemise tout en écoutant son père, Jean répondit sur un ton grave :

– En attendant Paul, j'avais lu dans le journal que la situation était inquiétante, mais j'espérais encore un arrangement. C'est pourquoi je n'en ai pas parlé. A quoi bon vous affoler inutilement.

– Cette fois, répliqua son père, ça semble sérieux. Le maire a laissé entendre à Jules qu'il serait question de réquisitionner les chevaux.

Jean ne réagit pas car Germain venait de se joindre à eux, le torse nu, ruisselant de sueur. Le grand-père contemplait la bonne carrure de Germain, la ressemblance avec son père à l'adolescence. Il était solide et ne renâclait pas à la besogne. Marius songeait à la pérennité de l'exploitation. Dans quatre ans quand Germain partira faire son service militaire, il aura soixante-douze ans. A cet âge sera-t-il encore en état de travailler ? Heureusement, Paul sera là pour prendre le relais.

Jean recommanda à son fils d'aller se rafraîchir et de prévenir sa mère que, dans un quart d'heure, ils viendraient souper.

Jean demanda à son père de ne pas discuter à table de ces événements alarmants.

– Tant que rien n'est sûr, n'affolons pas Marthe et les enfants, ajouta-t-il.

– Demain samedi, Paul ira au village chercher le pain au dépôt. Exceptionnellement, il achètera le journal, précisa Marius.

La nuit fut agitée pour Jean et son père. Ils se levèrent à l'aube. Dans la cuisine à peine éclairée, ils tenaient entre leurs mains le bol de café fumant que Jean avait réchauffé sur le fourneau. Ils étaient peu bavards. Ni l'un ni l'autre, n'osèrent exprimer la moindre allusion à la situation préoccupante qui avait perturbé leur sommeil. Ils parlèrent du travail de la journée, de ce qui restait à moissonner, du battage et des livraisons à effectuer.

Après avoir soigné les animaux, Marius décida d'aller au village. Il tenait à s'informer lui-même de la réalité de la situation.

A son retour, vers neuf heures, il déposa le pain dans la huche puis, le journal sous le bras, il s'empressa de retrouver Jean et Germain, en train de moissonner le premier champ de blé. Il marcha si vite qu'il dut s'arrêter à mi-chemin pour reprendre haleine. Il était trempé de sueur. Il épongea son visage en feu avec son mouchoir, estimant la fin des moissons vers la mi-août, à condition d'avoir une période de beau temps.

La moitié du champ avait été coupée et le blé engerbé par la machine. Marius ramassa un épi qu'il tritura délicatement entre ses doigts. Il saisit l'un des grains jaunes et le fendit avec l'angle de son pouce.

Apercevant son père, Jean descendit de la moissonneuse, demandant à Germain de laisser les chevaux au repos et de leur donner à boire. Marius tendit aussitôt à son fils le journal qui titrait : « L'Allemagne en état de guerre ».

Marius laissa son fils prendre connaissance de l'article. Cependant, impatient d'avoir une conversation avec lui, il demanda :

– Tu as lu ? L'Allemagne adresse un ultimatum, non seulement à la Russie pour qu'elle arrête de mobiliser, mais aussi à la France pour qu'elle reste neutre et lui demande, en gage, les forteresses de Toul et de Verdun.

– Sûr ! Notre ligne de défense fait peur.

– Ce n'est pas tout, soupira son père. J'ai vu le maire qui m'a montré l'ordre de réquisition des chevaux. S'il devait y avoir une mobilisation, les chevaux du village devront être présentés au chef-lieu de canton quatre jours après, à la commission de réquisition.

Jean ôta sa casquette et, perplexe, il répliqua tout en se grattant la tête :

– Nous n'en sommes pas encore là !

– Non, mais toutes les personnes que j'ai rencontrées, pensent que la guerre est inévitable.

Jean eut un geste de résignation. Il remit sa casquette et dit à son père :

– En attendant la suite des événements, on n'a rien d'autre à faire que de mettre les bouchées doubles. Surtout s'ils nous prennent nos chevaux !

L'après-midi, Jean s'était transporté avec Paul à l'autre bout du village pour faucher un autre champ de blé. Le restant de la famille, sous la conduite de Germain, rentrait des chariots de gerbes de blé tractés par Câlin et un attelage de bœufs. Tout le monde était maintenant au courant de la tension internationale et qu'à tout moment, la guerre pouvait éclater. Sous une chaleur étouffante, on se hâtait de charger les chariots et de mettre à l'abri la récolte car des menaces orageuses se précisaient.

Adossé à sa moissonneuse, Jean buvait à la bouteille de grandes lampées d'eau rafraîchie dans le lit du ruisseau. La moitié du champ restait à couper et il regardait s'éloigner le dernier chariot conduit par Germain. Il était sept heures du soir. Soudain, retentit le son lugubre du tocsin. Il remonta prestement sur sa machine, suivi de Paul, et fouetta nerveusement la croupe des chevaux qui démarrèrent en direction du village.

La grande rue était très animée. Ils croisèrent des habitants au visage tendu, des femmes en pleurs. Jean aperçut un rassemblement d'hommes devant la mairie.

Il arrêta son attelage au bord d'un *usoir*, recommandant à son fils de l'attendre. Il salua d'un geste rapide quelques-unes de ses connaissances et alla directement au panneau d'affichage où le télégramme émanant du Ministère de la guerre avait été placardé. Le cœur battant, il lut : « Ordre de mobilisation - Extrême urgence. Premier jour de mobilisation : dimanche 2 août ».

Inquiet, la mine sombre, Jean s'approcha du maire en discussion avec des Conseillers et Ernest, le marchand de bestiaux.

– Au fait Jean, t'es de quelle classe ? questionna le maire.

– De la 93. J'appartiens à l'armée territoriale. Je suis pas encore dans le coup ! répondit-il.

– Non, poursuivit le maire, mais les gendarmes sont passés tout à l'heure. Ceux des classes 87 et 88 de la réserve territoriale doivent partir sans délai pour assurer la garde des gares. Par contre, tes chevaux seront réquisitionnés. Tu as aussi une voiture à quatre roues classée ?

Jean opina de la tête et le maire continua à préciser les consignes.

– Le départ des chevaux est prévu mercredi à cinq heures du matin pour être présentés à la commission à huit heures. Ils doivent être amenés avec bridon, licol pourvu d'une longe. L'Ernest et le Gaston, bien que marchand de porcs, assistés d'un Conseiller municipal conduiront les animaux au chef-lieu.

Jean écoutait, visage fermé et, désappointé, il dit :

– On a encore trois jours pour les utiliser, mais on n'aura pas fini de couper et de rentrer toutes les céréales. Enfin, c'est comme ça ! fit-il, fataliste, en quittant ses interlocuteurs.

Il retrouva Paul qui le questionna :

– Les camarades d'école disent que c'est la guerre. C'est vrai ?

– Non. La mobilisation est seulement une précaution.

Le soir, pendant le souper, il régna une atmosphère morose. Marthe et Rose, les yeux rougis, s'employèrent à calmer Paul, inconsolable, lorsqu'il apprit qu'il ne reverrait plus les chevaux. De son côté, Jean n'était pas très à l'aise car l'armée territoriale à laquelle il appartenait, pouvait être rappelée. Son père avait également cette crainte. L'un et l'autre s'appliquèrent à ne rien laisser paraître, s'efforçant au contraire de se montrer rassurants. Cependant, pour tout le monde, malgré la fatigue, cette nuit-là, le sommeil fut long à venir.

3

Dès les premières lueurs du jour, Jean attela les chevaux de trait à la moissonneuse. Il traversa le village, encore calme, troublé çà et là par des chants de coqs. Il voulait terminer la coupe du champ de blé avant la messe dominicale et rentrer les gerbes dans le courant de l'après-midi.

La famille Moser au complet assista à la messe dans une église bien remplie, où ceux qui avaient un des leurs à l'armée – rappelés ou au service militaire – étaient venus chercher dans la prière un peu de réconfort. Unis dans un intense recueillement, les fidèles de la paroisse partageaient les mêmes inquiétudes.

A la sortie de l'office, se constituaient des groupes d'hommes et de femmes qui échangeaient les nouvelles de la semaine, les faits marquants du village. Les visages étaient tendus. Des femmes, les yeux rougis, essuyaient quelques larmes avec leur mouchoir.

Jean tomba sur un de ses conscrits, ancien camarade d'école, qui était paysan, comme lui.

– Je crois qu'on y va tout droit ! T'es au courant que l'Allemagne a déclaré la guerre à la Russie ? questionna-t-il d'un air catastrophé.

– Tu me l'apprends, Basile.

– L'Allemagne pourrait faire la même chose avec nous. Dans ce cas, je crains que notre classe soit rappelée.

– Ma foi, c'est possible, répondit Jean, quelque peu abasourdi par l'évolution de la situation.

– Mon exploitation n'est pas comparable à la tienne. Mais, depuis ce printemps, je n'ai plus mon fils qui est au service militaire. Et si je devais partir, il ne resterait à la ferme que ma femme et mes deux filles, commenta Basile.

– Sans oublier qu'ils réquisitionnent nos chevaux.

– D'après le maire, y a peut-être moyen de s'arranger.

– Ah ! Eh bien, allons le voir tout de suite, répondit-il à Basile.

Le maire était entouré de plusieurs cultivateurs du village dont Marius Moser. La conversation était animée. Le maire venait d'annoncer la teneur d'un télégramme du Préfet, précisant que la réquisition ne devait pas priver les fermes et les domaines agricoles de la totalité des chevaux disponibles. Chacun en profita pour exposer ses doléances et se défendre. Basile souligna aussi que la suite des événements pourrait encore retirer des bras aux exploitations. Le maire proposa d'étudier chaque cas.

Marius et son fils rentrèrent à la ferme, le cœur un peu moins serré. Ils avaient l'espoir de sauver Câlin.

Ce mercredi, Jean se leva de bon matin. Il faisait encore nuit. A la cuisine, il alluma une lampe et se dirigea vers l'écurie. Surpris, les chevaux se redressèrent péniblement, se secouèrent et leurs naseaux frémirent. Jean leur parla, caressa leur museau pour les rassurer et donna à Pompon et Polo, dont il devait se séparer, une bonne ration d'avoine.

Jean les équipa comme cela était prévu et pendant qu'il les attelait, il vit arriver son père qui, silencieux, promena affectueusement ses mains sur les flancs soyeux de ses compagnons de travail.

– J'espère que les enfants ne sont pas levés, demanda Jean.

– Je n'ai rien entendu. La maison était calme.

– Marthe était réveillée. Depuis que l'Allemagne nous a déclaré la guerre et envahi la Belgique, elle ne dort plus. Elle a peur que je sois mobilisé. Et puis, comme nous tous, elle a beaucoup de peine, en pensant qu'on ne reverra plus Pompon et Polo.

– Oui, c'est dur ! répondit Marius la gorge nouée.

Jean consulta sa montre et se tournant vers son père, il dit en soupirant :

– Il est quatre heures et demie. Cette fois, il faut y aller !

Les mâchoires serrées pour retenir l'émotion qui l'oppressait, Marius approuva d'un signe de tête et eut un geste d'encouragement de la main, lorsque son fils fit démarrer l'attelage.

La larme à l'œil, Marius regarda, une dernière fois, ses chevaux s'éloigner vers une destination inconnue, en espérant que là où ils serviraient, ils ne seraient pas maltraités. Il se rappela alors la guerre meurtrière de 70 et ce triste spectacle, le long des routes, de carcasses de chevaux tués ou morts de froid, d'épuisement.

Marius rentra par l'écurie bien vide. Câlin, dorénavant seul, s'agita. Son maître le caressa et réalisa qu'il n'avait pas eu sa ration d'avoine. Il resta un moment auprès de Câlin. Il était heureux de le voir avaler avidement son repas matinal. « Tu es notre consolation Câlin. Tu as de la chance. Tu continueras à être gâté ». Et lui tapotant le museau, il ajouta : « Tu es dans une bonne maison ! »

Après la traite, Marthe s'activait dans sa cuisine pendant que son mari faisait une pause, en cassant une petite croûte. Jean prêta l'oreille en entendant le vrombissement d'un moteur d'automobile dans la cour de la ferme. Brusquement, la porte s'ouvrit. Boby se dressa et grogna. Son père apparut, suivi d'un gendarme.

– C'est pour toi, Jean.

S'approchant, le gendarme questionna :

– Vous êtes Jean Moser ?

– Oui.

– Voici votre ordre de convocation. Vous êtes affecté au 44e Régiment d'infanterie territoriale, à Verdun, caserne Miribel. Vous devez vous présenter demain pour 8 heures.

– Ah ! fit Jean en saisissant le papier officiel que lui tendait le gendarme et en annonçant maladroitement qu'il avait de la chance d'être rappelé dans un régiment proche de son domicile. « Y en a, ajouta-t-il, qui vont beaucoup plus loin ! »

Le gendarme refusa de prendre le café qu'on lui proposait, ayant encore des convocations à remettre à des réservistes.

– A la mobilisation, je n'étais pas trop inquiet, mais en apprenant la déclaration de guerre, je pressentais ce rappel, commenta Jean en raccompagnant le gendarme.

– Cette fois, c'est sérieux. Il faut du monde à l'arrière pour la garde des points sensibles, ravitailler en vivres et en munitions les troupes engagées en première ligne.

Remontant dans son automobile dont le moteur tournait, le militaire fit signe à Jean de s'approcher et lui dit d'une voix forte :

– ...Au fait, j'oubliais. J'ai remis à Bezonvaux une convocation à un certain Basile Dubois, qui va aussi au 44e R.I.T.

– On est de la même classe !

Le gendarme salua et la voiture démarra en pétaradant.

En rentrant dans la cuisine, Jean s'attendait à trouver sa famille éplorée. Marthe en pleurs, était entourée de Rose, qui épongeait ses larmes et de Paul qui sanglotait, la tête enfouie dans ses bras croisés, posés sur la table. Jean s'assit à côté de son père, en train de boire un bol de café.

– Quelle journée ! Qu'allons-nous devenir, hoqueta Marthe.

Jean était lui aussi très perturbé par cette convocation et souffrait de voir les siens dans la peine. Il cherchait les mots qui pourraient atténuer leur souffrance. Il reprit les propos du gendarme rappelant que les régiments territoriaux avaient essentiellement pour mission d'apporter un soutien logistique aux unités combattantes. Se tournant vers son père, il le prit à témoin :

– D'ailleurs, on ne nous appelle pas « Les Pépères » pour rien !

Son père approuva d'un signe de la tête et demanda à son fils :

– Quand comptes-tu partir ?

– Je n'y ai pas pensé, répondit-il en haussant les épaules.

– Je peux te conduire à la caserne demain matin. En partant à six heures, c'est assez tôt.

Jean réfléchit quelques instants, puis acquiesça à cette proposition, de même qu'il donna une réponse favorable à Germain qui souhaitait les accompagner.

A cinq heures du matin, aux premières lueurs du jour, tout le monde était debout. Marthe réchauffa le café qu'elle avait préparé la veille et servit en priorité les hommes qui devaient prendre la route. Les visages étaient défaits, tristes. Personne n'avait envie de parler. Maîtrisant son émotion, Jean prit la parole pour rappeler qu'il n'allait pas faire la guerre mais seulement soutenir les troupes déjà massées aux frontières et qui devraient refouler les armées allemandes. « Au village, conclut-il, les gens que j'ai rencontrés hier, prétendent que ça ne durera pas et que bientôt on sera de retour » !

Germain entra dans la cuisine prévenant que Câlin était dans la cour, attelé à la voiture. Il était six heures moins le quart. Jean prit sa musette pendue au dossier de sa chaise. Il n'emportait que son nécessaire de toilette, un casse-croûte en attendant le premier repas à la caserne et une topette de mirabelle que lui avait donnée son père.

Le moment tant redouté était arrivé. Jean se rapprocha de Marthe qui tenait Paul par la main et, ensemble, ils se dirigèrent lentement vers Câlin. Les adieux furent déchirants. Marthe soutenue par sa fille, cria sa douleur lorsque son beau-père fouetta la croupe du cheval qui démarra aussitôt.

Ils s'arrêtèrent devant la ferme des Dubois où Basile les attendait, en bordure de l'*usoir* avec sa femme et ses deux filles. Ils s'étreignirent et en montant dans la voiture, Basile leur adressa des mots réconfortants pour atténuer leur douleur.

Jean avait prévu une courte halte à Ornes pour saluer ses beaux-parents. Ils étaient à l'étable en train de traire. Ils ne furent qu'à moitié surpris, quand leur gendre leur apprit où il se rendait, parce que la veille, deux réservistes du village, de la classe de leur gendre, avaient, eux aussi, rejoint leur régiment. Instantanément, Régine et sa fille pensèrent à Marthe qui devait être désemparée. Justine déclara qu'elle irait passer l'après-midi auprès de sa sœur. Jean l'en remercia en reprenant place dans la voiture et son beau-père, optimiste, lui lança : « Ce sera bientôt le retour ! » « On l'espère tous ! » répondit Marius en donnant le signal du départ à Câlin.

Dans la traversée de la forêt, ils rencontrèrent des unités de militaires à pied et plusieurs attelages de chevaux de trait qui tiraient des canons. A chaque fois, ils regardaient si, parmi tous ces chevaux, il n'y avait pas les leurs.

A huit heures moins le quart, ils entrèrent dans Verdun. Câlin avait bien trotté. La journée s'annonçait chaude. Les rues étaient plus fréquentées par des militaires que par des civils. Ils croisèrent des véhicules qui transportaient des soldats, hélés ici et là par des rappelés qui scandaient quelques fanfaronnades en levant les bras : « On les aura cette fois ! », « A Berlin ! ».

Ils arrivèrent cinq minutes avant l'heure. Marius gara la voiture auprès d'un arbre au tronc duquel il attacha Câlin. Ils s'approchèrent lentement de l'entrée de la caserne où se présentaient des réservistes, valise à la main ou musette en bandoulière.

Marius prit Jean par les épaules et surmontant son émotion, il articula : « Sois prudent fils. Ecris-nous ». Puis, il l'attira dans ses bras en murmurant des paroles d'encouragement et l'espoir d'un prochain retour. Jean serra affectueusement son fils, secoué par les sanglots. Basile qui s'était discrètement tenu à l'écart remercia et salua Marius et Germain.

– Allez, Pépère ! s'exclama Jean en tapant amicalement l'épaule de Basile. Il faut y aller.

Ils franchirent le portillon et montrèrent leur convocation au sous-officier, chargé de pointer les arrivants. Il leur indiqua un bâtiment tout au fond de la grande cour où, la visite médicale passée, ils toucheraient habillement et équipements.

Après un dernier signe d'adieu, Marius et son petit-fils firent demi-tour. Entourant les épaules de Germain qui essuyait ses larmes du revers de ses mains, son grand-père lui dit :

– Dans quatre ans, tu feras ton service militaire. Espérons que tu n'auras pas à souffrir de la guerre.

4

Le lendemain 7 août, le 44e R.I.T. était au complet. Les premières compagnies, rapidement mises sur pied, furent aussitôt envoyées sur une partie du secteur dévolu au régiment entre la Meuse et Damloup, comprenant les forts de Vaux et de Douaumont.

Jean avait été affecté à la 11e compagnie et Basile à la 12e. Une fois habillés et équipés, les réservistes se succédèrent au champ de tir. Comme les hommes de troupe, la plupart des sous-officiers et des officiers du régiment étaient du département de la Meuse. Certains se fréquentaient dans la vie civile ou avaient des relations professionnelles, si bien que les informations circulaient dans le casernement. Le deuxième soir, dans la chambrée, l'ambiance était plus détendue et les langues commencèrent à se délier.

Jean était en train d'écrire à Marthe, quand la porte s'ouvrit brusquement.

– Les gars, vous connaissez la nouvelle ?

Les regards se tournèrent vers l'arrivant qui enchaîna :

– A l'étage, dans une autre piaule, il y a le député de Bar-le-Duc qui était sous-secrétaire d'Etat à la guerre.

– C'est Maginot ! clama quelqu'un.

– Il est gradé ? questionna un autre.

– Non. Il est simplement 2e classe, mais il prendra sans doute du galon !

Pendant l'échange qui suivit sur la présence de cette haute personnalité dans la compagnie, l'adjudant entra et donna les consignes pour le lendemain : « Réveil à cinq heures - rassemblement à six heures avec le sac à dos, effets de rechange, toile de tente, ustensile de campement, couverts, gamelle ».

Jean termina rapidement sa lettre et s'empressa de préparer ses affaires, avant de prendre un peu de repos, car la nuit serait courte.

Deux lits plus loin, le caporal qui prétendait connaître l'adjudant et discuter avec lui, annonça à son voisin que la compagnie devrait occuper le secteur de Fleury-devant-Douaumont, dans la forêt de Verdun.

A l'autre bout de la chambrée, Jean entendit claironner que les Allemands avaient franchi la frontière et seraient dans la région de Briey.

– S'ils ne sont pas arrêtés par nos troupes, ajouta celui qui commentait la situation, on pourrait bientôt se frotter à eux !

– Et on les aura ! répliquèrent plusieurs réservistes en chœur.

La pièce était dans la pénombre. Déjà, plusieurs camarades dormaient. Le couloir, d'où provenaient les échos joyeux de quelques fêtards, avait retrouvé son calme. Etendu sur son lit, les paupières fermées, Jean pensa aux siens, aux travaux qui restaient à faire. Ils devaient être inquiets en voyant passer de nombreuses unités françaises qui se rendaient vers l'Est, dont certaines cantonnaient peut-être aux alentours de Bezonvaux. Dans le silence de la chambre et de la caserne, Jean tomba peu à peu dans un profond sommeil.

Marius sortait de la grange, ce mardi 11 août en fin de matinée et sur le point d'entrer à la cuisine, il aperçut le facteur. Il alla au-devant de lui, pressé de découvrir le courrier qu'il espérait de ses fils. Ce cinquantenaire au visage couperosé, encore plus marqué que d'habitude par ce temps lourd, ne faisait plus partie des classes mobilisables.

– J'espère que je vous apporte de bonnes nouvelles M. Moser, dit-il en lui tendant deux lettres.

Il reconnut l'écriture de ses deux fils. L'une lui était destinée et l'autre adressée à sa belle-fille.

Connaissant la propension du facteur à la dive bouteille, Marius lui proposa de le suivre. Le facteur fit mine d'hésiter pour la forme, mais fut tout heureux d'accepter l'invitation.

Marius remit à Marthe sa lettre, puis sortit deux verres et une bouteille de blanc du garde-manger.

– La situation n'a pas l'air de s'arranger, observa le facteur. Les Allemands ont réussi à franchir la frontière. Ils ne sont pas très loin de chez nous. Ils seraient dans la région de Briey.

– Oui, c'est inquiétant, répondit Marius en jetant un œil vers sa belle-fille, en train de lire la lettre de son mari.

– Alors que dit notre Jean ? demanda-t-il.

– Il n'est plus à Verdun. Il serait dans le secteur de Fleury-devant-Douaumont.

– Il est près d'ici, remarqua le facteur qui savourait une gorgée de petit blanc.

Impatient, Marius commença à décacheter l'enveloppe, tandis que le facteur poursuivit :

– Il paraît que les Allemands ont incendié le village d'Affleville et fusillé des habitants. Ce sont des sauvages. Ils achèvent les blessés et tuent les prisonniers.

– Que va-t-on devenir ? se lamenta Marthe.

– Nos troupes sont quand même en force à la frontière. Elles arriveront bien à les repousser, réagit Marius.

– Il faut l'espérer, répondit le facteur en vidant son verre.

Il replaça sa sacoche en bandoulière, remercia et prit congé de Marius qui l'avait raccompagné jusque devant la porte.

De retour à la cuisine, Marius s'empara de l'enveloppe et en sortit fébrilement la lettre de Joseph, qu'il lut hâtivement.

– Il a été appelé au 54e R.I.T. à Besançon et son régiment assure la défense de la ville et de la région de

Besançon, résuma-t-il à la famille dont il avait maintenant la charge.

Il était conscient qu'il était le seul recours de ses petits-enfants, de sa belle-fille. Nuit et jour, il mesurait le poids de cette responsabilité qui lui incombait dorénavant. Heureusement, à soixante-huit ans, il n'avait pas de souci de santé.

Marthe posa sur la table une grande poêle où, sur les pommes de terre rissolées, arrachées la veille, elle avait brouillé quelques œufs. Marius distribua les tranches de pain qu'il avait coupées et se pencha à nouveau vers la lettre de Joseph qu'il avait gardée à côté de son assiette.

– L'oncle Joseph s'inquiète pour nous, dit Marius entre deux bouchées. Il sait très bien que si proches de la frontière, nous risquons d'être envahis par les Allemands si nos troupes ne les arrêtent pas.

– Ce matin, on a entendu des coups de canon, intervint Germain.

– Mon Dieu ! Qu'allons-nous devenir ? soupira Marthe.

– Si Bezonvaux devait être en plein dans la zone des combats, Joseph propose de nous accueillir chez lui. Il y aurait même, à côté de la leur, une ferme dont le propriétaire est décédé voici deux mois. Il vivait seul. Ses enfants sont définitivement partis à Besançon et envisagent de vendre.

Marthe et les enfants écoutaient, silencieux. Chacun commençait à mesurer ce qui pourrait leur arriver du jour au lendemain.

– Mon Dieu ! S'il fallait tout abandonner. Que deviendraient nos animaux ? se lamenta Marthe.

– On n'en est pas là, Marthe, répondit son beau-père qui s'efforçait de se montrer rassurant. Pour le moment, continua-t-il, il faut croire en nos soldats qui refouleront les envahisseurs. Mais, si les Allemands venaient à s'infiltrer jusqu'ici, nous saurons où aller.

– C'est loin ? questionna Paul.

– Oui. Seulement, si nous voulons être à l'abri, il est préférable de s'éloigner le plus possible des combats, répondit le grand-père qui se leva et quitta la cuisine.

Le soir, alors que résonnait le bruit de la canonnade, Marius écrivit à Juliette, sa belle-fille, qu'il retiendrait la proposition de Joseph, si par malheur, ils devaient fuir la région.

Jean quitta la caserne de Miribel avec sa compagnie pour cantonner dans le village de Douaumont. Au bout de trois jours, la compagnie reçut la mission d'occuper un point haut dominant la Woëvre, entre le ravin d'Hassoule et le Fond-du-Loup. De cet observatoire, le panorama s'ouvrait sur une vaste étendue du pays meusien. Après une rapide inspection des lieux, le capitaine organisa son plan de défense et délimita la zone de chacune des sections. Les bivouacs s'installèrent et quelques débrouillards récupérèrent de la paille afin d'améliorer le confort sous la toile de tente.

En dessous de la position de la section de Jean, passait le chemin qui menait à Bezonvaux, tout proche. Il pourrait aller coucher à la ferme, comme d'autres camarades qui habitaient dans des villages avoisinants. La plupart des officiers du régiment étaient aussi de la région, mais personne n'osa solliciter cette courte permission.

En défense sur ce Plateau, l'unité avait non seulement une mission de surveillance, mais également de recueil, au cas où les unités engagées dans la Woëvre devraient se replier. Par leurs gradés, Jean et ses camarades étaient au courant de l'évolution de la situation. Ils savaient que l'armée belge avait vaillamment ralenti la progression de l'armée allemande, qui ne s'attendait pas à une telle résistance. Appuyée cependant par une artillerie lourde, des mitrailleuses et des avions, elle poursuivait sa percée en France suivant trois axes : l'un par la trouée de l'Oise, l'autre entre Nancy et Epinal, le dernier au centre, par la vallée de la Meuse.

Si les troupes françaises n'arrêtaient pas l'envahisseur, celui-ci serait bientôt à portée de fusil. Nuit et jour, Jean ne cessait de penser aux siens. Certes, il avait reçu une lettre de Marthe datée du 14 août qui n'avait rien d'alarmant. « Quand même, se dit-il, être obligés de s'écrire alors qu'on est à trois kilomètres l'un de l'autre ! ».

Ce soir-là, entre chien et loup, Jean effectuait son tour de garde. Deux soldats qui se promenaient en discutant à mi-voix vinrent à lui. A quelques mètres, il reconnut les deux députés, Maginot et Chevillon.

– Bonsoir camarade. Pas trop fatigué ? demanda Maginot.

– C'était plus dur dans le civil, répondit Jean, honoré de la présence de ces hautes personnalités.

Ils étaient 2e classe comme lui, mais en tant qu'ancien sous-secrétaire d'Etat à la guerre, Maginot était respecté de ses supérieurs hiérarchiques, y compris du colonel commandant le régiment, à qui il rendait visite à son P.C., au fort de Douaumont.

– Vous êtes originaire du coin ? questionna Maginot.

– Oui, à côté, à Bezonvaux.

– En effet. Si ça ne tenait qu'à moi, je vous autoriserais à dormir chez vous. Mais peut-être qu'il n'y a plus personne.

– Mon père, ma femme et mes enfants sont toujours là. A moins que depuis le 15 août… !

Les députés Maginot et Chevillon eurent une moue dubitative. En patrouillant dans les parages de Maucourt, de Mogeville, ils avaient remarqué des maisons fermées et rencontré des gens qui quittaient leur village.

– Ils ont appris les violences subies dans de nombreux villages, intervint Chevillon. Les Allemands ont brûlé quarante-cinq maisons, exécuté vingt-cinq habitants à Bazailles et incendié le village d'Affleville.

– Des bandits, conclut Maginot. J'espère qu'on leur fera payer tout cela ! Courage, camarade.

– Merci. Encore une heure avant la relève. La soirée est douce et agréable mais le grondement du canon nous rappelle que la guerre est bien là !

Jean termina son tour de garde, l'esprit accaparé par les propos inquiétants des députés. Les Allemands seraient donc dans les environs et s'ils étaient à Affreville, ces derniers jours, à une vingtaine de kilomètres de Bezonvaux, peut-être avaient-ils investi son village et y commettaient-ils les pires exactions ? Autant d'idées noires que Jean brassa dans sa tête, rageant de se trouver à une heure de chez lui et de ne pouvoir venir en aide à sa famille. A minuit, il ressortit de sa tente. La nuit était claire, le ciel étoilé. Les tirs sporadiques du canon et de mitrailleuses lui parurent plus assourdissants que d'habitude.

Deux jours plus tard, Jean et ses camarades assistèrent à l'exode des habitants de la plaine de la Woëvre, de la région d'Etain, où se multipliaient de sérieux accrochages. Terrés dans leur maison, leur village bombardé par l'artillerie allemande et craignant d'être victimes d'actes de violence, comme dans certains endroits, la plupart des habitants décidèrent de fuir afin de mettre leur famille à l'abri. Ceux qui comptaient revenir, emportaient un minimum d'affaires dans des charrettes à bras, d'autres avaient chargé des chariots tirés par des attelages de bœufs.

Jean observa la longue file de réfugiés qui arrivaient de Bezonvaux. Au bout d'un moment, n'y tenant plus, il descendit jusqu'à la route. Des enfants dormaient dans les voitures, sur des matelas, veillés par des femmes dont la pâleur des visages traduisait une profonde angoisse.

Jean aborda un homme qui marchait à côté de ses bœufs. Il pouvait avoir l'âge de son père :

– D'où venez-vous ? demanda-t-il.

– De la Woëvre, la région des étangs. C'est devenu trop dangereux avec ces tirs d'obus, de mitrailleuses. Les Allemands gagnent du terrain. On ne veut pas être massacrés comme dans certains villages voisins.

– Vous êtes passés à Bezonvaux ? J'y habite. Les Allemands n'y sont pas ?

– Pas encore. J'ai vu quelques maisons fermées et des gens qui s'apprêtaient à décamper. C'est bien triste tout ça. Espérons que l'envahisseur butera sur les forts et que nos troupes triompheront.

Jean souhaita bonne chance à cet homme malheureux, contraint de quitter sa maison. Le défilé de ces gens éprouvés, chassés de leur pays, le bouleversa au plus haut point. En remontant vers sa section, il imagina les siens dans pareille situation. Arrivé à sa tente, son voisin s'exclama :

– Ah ! te voilà. Où étais-tu donc ? On te cherche partout. Le lieutenant voudrait te voir !

Jean s'en étonna et se demanda pourquoi son chef de section s'intéressait à lui, en particulier. Peut-être l'avait-il aperçu en train de parler à ces pauvres gens ?

– Dépêche-toi d'y aller ! insista son camarade.

Jean s'exécuta et se dirigea vers la cabane du lieutenant, en discussion avec un sous-officier.

Dans un garde-à-vous impeccable, Jean se présenta.

– Entrez, Moser !

– Voilà ! Vous habitez à Bezonvaux, lui dit-il sans détour.

– Oui, répondit Jean timidement, se demandant ce qu'on lui voulait.

– Le caporal Maginot – député, ancien sous-secrétaire d'Etat à la guerre – donc, cette haute personnalité, estime que la guerre que nous menons n'est pas la bonne. D'après lui, il faudrait effectuer des patrouilles pour rechercher des renseignements, tendre des embuscades. Le général adhère à son point de vue et l'autorise à prendre la tête d'un groupe de volontaires, décidés, connaissant bien la région. Comme il a l'intention de se fixer à Bezonvaux, il a pensé que vous seriez peut-être intéressé. Qu'en dites-vous ?

Jean fut pris au dépourvu ne s'attendant pas à une telle proposition. Il n'avait rien d'un risque-tout. Cependant, le fait d'avoir la possibilité de retourner dans son village et de revoir sa famille, emporta finalement sa décision.

– Si je peux être utile, je veux bien faire partie de la section du caporal Maginot.

– Dans ce cas, allez préparer vos affaires et soyez ici à une heure de l'après-midi. Un sous-officier vous conduira, avec d'autres de la compagnie, au point de rassemblement fixé par le caporal.

Jean salua respectueusement et repartit au campement de sa section pour démonter sa tente et préparer son sac. Certes, plutôt que de bivouaquer, de monter la garde sur ce Plateau, on lui accordait le privilège d'aller dans son village, avec l'espoir qu'on l'autoriserait à voir sa famille de temps en temps. Puis, passé ce moment qui le réjouit, Jean se demanda quand même s'il n'avait pas été imprudent de s'embarquer dans une aventure aussi périlleuse.

5

Le caporal Maginot avait visité Bezonvaux, afin de repérer l'endroit qui conviendrait le mieux au cantonnement de ses hommes. Il choisit finalement, à la sortie du village, une maison inoccupée, à laquelle était accolée une grange assez spacieuse.

En arrivant à Bezonvaux, il s'arrêta auprès du maire, en discussion avec son voisin, afin de l'informer de la présence de ses patrouilleurs dans sa Commune. Jean Moser s'approcha et le maire fut surpris de voir un enfant du pays parmi ces soldats qui s'étaient réfugiés à l'ombre. Le maire se révéla très pessimiste. « Bezonvaux, dit-il, est un des derniers villages que les Allemands n'ont pas encore attaqué ». D'un geste de la main, le maire désigna un groupe de réfugiés qu'il venait d'apercevoir au détour de la route. « Depuis ce matin, ça passe continuellement. Les gens ont peur des bombardements, des sévices que les Allemands infligent à la population. Ici, beaucoup d'habitants sont déjà partis. C'est le cas du propriétaire de la maison où vous allez cantonner ». Puis, s'adressant à Jean Moser, il lui apprit que son père se préparait aussi à déguerpir le plus tôt possible.

Le caporal Maginot prit congé du maire et invita ses hommes à le suivre. Dans la grange, le premier travail fut d'entasser dans le fond le matériel agricole, l'établi, les outils aratoires et autres encombrements afin de dégager une place suffisamment confortable au lieu de vie. Ensuite, la toile de tente étalée sur la terre battue, chacun prépara son emplacement avec le foin récupéré sur le grenier.

Le caporal Maginot se logea dans un local attenant, non qu'il voulût se distinguer et montrer qu'il était le chef, mais parce qu'il avait remarqué que ses « bonshommes », comme il les appelait, connaissant ses fonctions dans le civil, étaient réservés, et certains, fuyants à son égard. Ils seraient ainsi plus à l'aise, en attendant de se familiariser au fil des jours et des opérations.

Dès que l'installation fut terminée, le caporal Maginot donna ses consignes. Même si, en acceptant de faire partie de cette mission, les hommes se réjouissaient d'échapper aux corvées du bivouac, un minimum de discipline s'imposait. Le chef exigea qu'ils restent habillés nuit et jour, prêts à toute éventualité. Il leur demanda de sortir le moins possible de la grange, de ne pas stationner en groupe à l'extérieur, afin de ne pas se faire repérer par des patrouilles ennemies rôdant dans les environs : « N'oubliez pas qu'on nous voit de loin avec nos pantalons rouges », dit-il. Puis, il leur exposa qu'à partir de leur base, des patrouilles de reconnaissance auraient lieu à la tombée de la nuit par une partie de l'effectif, l'autre assurant la garde du cantonnement. « Ce soir, nous irons faire un tour à Ornes, annonça-t-il ». Jean songea aussitôt qu'il se porterait volontaire. Ce serait l'occasion de voir ses beaux-parents et d'avoir des nouvelles de la famille.

L'essentiel des instructions terminé, le caporal fit signe à Jean de le suivre. Ce dernier se dit que leur chef avait sans doute des questions à lui poser sur la région.

– Avez-vous revu votre femme et vos enfants depuis votre rappel à l'armée ? questionna le caporal Maginot.

– Non, hélas !

– D'après le maire, ils s'apprêteraient, eux aussi, à quitter le village. Si proche des vôtres, je ne voudrais pas vous priver de passer quelques heures avec eux. J'ai donc décidé de vous attribuer une petite permission ce soir, après le casse-croûte, à condition de rentrer à l'aube. Vous laisserez votre arme ici.

Jean était loin de s'imaginer qu'une chance aussi inespérée de revoir les siens, lui serait offerte. Il se confondit en remerciements et annonça joyeusement à ses camarades la mesure exceptionnelle que le chef lui avait accordée.

En quittant le cantonnement, il fut saisi par la douceur de la température. Quelques nuages ridaient le ciel au couchant. Marchant d'un pas alerte, il ôta sa capote qu'il porta sur le bras. Il avait hâte de surprendre sa famille. Par moments, il courait. En traversant Bezonvaux, il ne rencontra personne. Les volets de la plupart des maisons étaient clos, si bien qu'il eut la triste impression d'un village abandonné. Lorsqu'il pénétra, en sueur, dans la cour de leur ferme, des explosions et des rafales d'armes automatiques lui rappelèrent que des combats étaient proches. Le cœur battant, il se dirigea vers l'étable qui était vide, complètement débarrassée de la litière. Inquiet, Jean souleva le loquet de la porte de l'écurie et fut aussitôt accueilli par un hennissement familier. Il alla vers Câlin, lui caressa le chanfrein. A côté, un autre cheval alezan, qu'il ne connaissait pas, réclama le même traitement. Jean quitta, rassuré, les chevaux et, passant devant la grange dont la porte était grande ouverte, il aperçut le grand chariot, lourdement chargé, le tout bien arrimé par des cordes.

Jean reconnut la voix de son père qui, pressentant une présence, s'écria :

– C'est toi Germain ?

– Non, c'est Jean !

– Jean ? s'étonna son père en sortant de la pénombre accompagné de Boby. Toi ici, quelle bonne surprise ! s'exclama-t-il, en étreignant son fils.

Puis, se reculant pour mieux voir le visage de son fils dans la faible lumière qui venait du dehors, il fit cette remarque :

– Te voilà barbu maintenant ?

– Oui, au bivouac ce n'est pas facile et on a tous un peu la flemme, répondit Jean en caressant le chien qui se frottait contre lui.

– Ta permission tombe mal. Nous avons prévu de partir demain matin au lever du jour, chez ton frère.

– Moi aussi, je dois rentrer à l'aube, annonça Jean qui expliqua en deux mots qu'ils étaient dans une grange à la sortie du village, propriété du café-tabac et qu'il devait ces quelques heures de liberté à son chef, député de la Meuse.

– Tu sais, Jean, depuis une quinzaine de jours, nous craignons de passer, du jour au lendemain, sous la coupe des Allemands. Tout le monde a appris les atrocités qu'ils ont commises à Affreville, à Bazeilles, à Badonviller, des villages incendiés, des habitants innocents massacrés. Beaucoup de personnes ont pris peur et je l'avoue, nous en étions. Plusieurs familles de Bezonvaux sont déjà parties. J'en ai parlé à Marthe, mais j'ai compris qu'il m'incombait de prendre les affaires en main. J'ai donc commencé à nous préparer à l'évacuation des lieux.

Jean demeura muet se demandant ce qu'il aurait fait, s'il avait été à la place de son père, puis il l'informa de son passage aux écuries.

– Que sont devenues nos bêtes ? interrogea Jean.

– C'était ma grande préoccupation. L'Ernest, le maquignon, a bien voulu s'en occuper. Il est venu chercher les dernières avant-hier. Un crève-cœur, Jean !

– Mon pauvre père. Je comprends ce que tu as souffert en voyant nos animaux quitter la ferme. Quand Pompon et Patou ont été réquisitionnés, je me souviens que nous avions eu très mal. Au fait, j'ai constaté que Câlin avait un compagnon.

– Oui. C'est Ernest qui me l'a amené. Quand je lui ai fait part de mes projets, du nombre de kilomètres qui nous séparaient de la Franche-Comté, il a considéré que je ne pourrais pas effectuer ce trajet avec un seul cheval et un lourd chariot à tirer. Mais, on pourrait continuer à causer auprès de Marthe, à la cuisine. Elle s'affaire aux derniers préparatifs. Avant de la rejoindre, aide-moi à mettre ce sac d'orge sur le chariot !

En entrant dans la cuisine, Jean se dissimula derrière son père. Marthe, debout sur un tabouret, revérifiait dans les rayons du buffet la vaisselle qu'elle ne pouvait emporter.

– Vous avez de la visite Marthe, lâcha son beau-père.

Marthe détourna la tête au moment où Jean, caché derrière son père, se montra dans la pénombre.

Sur l'instant, Marthe hésita, puis s'exclama :

– Jean ? Toi, ici !

Son mari s'était précipité pour descendre Marthe de son perchoir. Elle éclata en sanglots, lorsqu'il la serra dans ses bras, et d'une voix chevrotante, elle dit :

– Tu arrives en permission alors que nous quittons la maison demain matin. C'est terrible. La guerre nous chasse.

– Je sais Marthe, répondit-il tristement, cherchant des mots d'apaisement dans une situation aussi dramatique pour les siens et les habitants de la région.

– Les accrochages se multiplient, avança Jean. On se bat à Senon, à Amel mais face à la puissance de feu de l'ennemi, nos troupes sont contraintes au repli. La Woëvre est déjà en partie envahie. Nous sommes entourés de forts. Les Allemands chercheront à s'en emparer au prix de rudes et sanglantes batailles.

– Nos troupes ont tenu en Alsace et ont libéré Mulhouse, fit remarquer son père.

– Oui, mais la population en a souffert. Les Allemands se sont vengés en incendiant des villages. Finalement, même si c'est très douloureux à vivre, papa a pris à temps la bonne décision. Au moins, vous serez en sécurité.

Epongeant ses larmes, et d'une voix étranglée par une intense émotion, Marthe proposa à son mari de lui préparer à manger.

– C'est fait. Par contre, je veux bien prendre un café.

– J'en ai une grosse casserole que j'ai prévue pour demain matin afin de boire quelque chose de chaud avant de prendre la route.

– Les enfants sont couchés ? demanda Jean.

– Germain et Paul dorment. Rose est à côté, en train de chercher dans l'armoire et dans les tiroirs de la commode, si nous n'oublions rien d'important, répondit Marthe.

A l'appel de sa mère, Rose apparut, surprise d'apercevoir dans la lueur de la lampe à pétrole le visage de son père. Elle se précipita pour l'embrasser.

Marthe posa sur la table du pain et du fromage, puis servit le café. Jean écouta son père qui lui expliqua dans le détail, comment il avait organisé l'expédition.

– Demain matin, Marthe, Rose et Paul prendront le train à Verdun pour Besançon en changeant à Nancy. Après un arrêt à notre banque – car il faut songer à notre nouvelle installation – je continuerai la route en direction de Commercy, accompagné de Germain.

– A Salins, il restera encore plus de cinq kilomètres pour aller au village. Qui les attendra ? s'inquiéta Jean.

– Ta belle-sœur, Juliette, a de la parenté dans cette ville. Dès après-demain, quelqu'un ira à l'arrivée des trains de Besançon.

– Et toi, tu tables sur combien de jours pour les rejoindre ?

– Comme tu l'as constaté, le chariot sera plein quand on aura mis les matelas. J'ai deux bons chevaux, Câlin et Bijou, le nouveau. Si tout va bien, je compte faire le trajet en six ou sept jours. J'espère trouver, à chaque étape, une grange et une écurie d'accueil pour la nuit.

– A chaque instant, on découvre quelque chose qu'on aimerait emporter, mais hélas, il faut se résigner, faire notre deuil de tout ce qu'on laisse, se lamenta Marthe.

– Sans oublier nos morts ! enchérit Marius, la gorge serrée. Puis, rompant le silence qui suivit, il ajouta : « Ce domaine, ces terres, hérités de nos aïeux que nous avons entretenus, fait fructifier par notre travail, que vont-ils devenir ? Avant hier, j'en ai vu passer des fantassins blessés à la tête, les bras en écharpe, et dans des chariots, de pauvres gars en piteux état. Ils venaient de la Woëvre. J'ai causé avec l'un d'eux qui avançait péniblement. Il m'a dit qu'ils avaient été obligés de reculer tellement ça explosait de partout et il reconnaissait que les Allemands avaient une puissante artillerie, supérieure à la nôtre. La plupart avaient été tués ou blessés par les éclats d'obus ».

Tous écoutaient, silencieux. Sous la faible lueur de la lampe à pétrole, leurs visages livides exprimaient encore davantage la fatigue et l'anxiété. Dans un profond soupir de lassitude, Marius poursuivit :

– Quand les Allemands décideront d'attaquer, je crains que la terre de nos champs qui nous a nourris et produit de si belles moissons, soit retournée, massacrée par le pilonnage de leurs batteries et, hélas, nos maisons en partie détruites.

La tête enfouie dans ses mains, Marthe pleura, soulageant ainsi le douloureux chagrin qui l'oppressait. L'atmosphère était pesante. Jean attira contre lui sa femme, secouée par les sanglots et lui demanda :

– Tes parents, Marthe, comment vont-ils ?

D'une voix hoquetante, elle répondit :

– Comme tous les habitants, ils ont quitté Ornes, voici bientôt une semaine en n'ayant rien emporté d'autre que du linge.

– Où sont-ils allés ?

– Chez nos cousins, dans la région de Bar-le-Duc.

Jean réalisa alors l'ampleur des situations tragiques auxquelles la population était confrontée. Il n'eut pas d'autres mots d'apaisement que de répéter, sans en être convaincu, que la guerre devrait être courte et que bientôt tout le monde rentrerait au bercail.

– En attendant, nous la subissons ! répliqua son père d'un ton las, en se levant péniblement. Il sortit de la cuisine et revint rapidement avec deux bouteilles qu'il posa sur la table devant son fils.

– Autant faire profiter tes copains de notre mirabelle. J'en emporte un peu, mais il en reste. Sur ce, les enfants, il serait sage de songer à prendre du repos. La nuit sera courte. Demain, reprit-il la gorge nouée, commence une première journée d'un nouvel épisode inattendu de notre vie, en espérant qu'il ne durera pas !

Dans leur chambre, éclairée par les rayons blafards de la lune, Jean distingua d'un rapide coup d'œil que rien n'avait changé. Marthe lui relata qu'elle avait seulement pris les ensembles de couchage pour elle et les enfants, des habits utiles et chauds ainsi que les ustensiles et la vaisselle indispensables.

– Ton père a réussi à caser quelques chaises, et une table. Il a accepté que j'emmène des poulettes dans une cage et un couple de lapins. J'ai cuit deux coqs, un pour ton père et Germain, l'autre que nous mangerons à l'arrivée. Dans la ferme que nous louerons, Juliette nous a écrit que les héritiers avaient laissé du mobilier qui ne les intéressait pas. Il y aurait de quoi nous installer.

Exaspéré, se sentant inutile au milieu des siens, Jean émit un long soupir. Etreignant sa femme, il dit à mi-voix :

– Heureusement que mon père est solide pour t'aider à préparer et à entreprendre une telle expédition.

– Sans lui, je ne sais pas comment j'aurais fait, murmura-t-elle. Puis, se détachant de son homme, elle alla quérir dans l'armoire un des draps usagés et l'étala sur le matelas pendant que Jean fermait les volets. L'horloge du village égrenait onze heures. La nuit était claire et Jean pensa à ses camarades qui patrouillaient dans la campagne, d'où ne résonnait, ce soir, aucun écho guerrier.

Se débarrassant de ses effets militaires, Jean dit à sa femme, en s'allongeant auprès d'elle :

– Je voudrais que l'on parle de Paul. Ici, il aurait travaillé, appris notre métier, mais là-bas, il n'aura rien à faire. Nous devons penser à son avenir. Son instituteur regrettait que Paul ne continue pas l'école. Je crois que ce serait l'occasion, d'autant que vous serez tout près de Salins. Qu'en penses-tu ?

– Ce serait bien pour lui, mais comment va-t-il réagir ? Et la pension ça coûte ! répliqua Marthe.

– Mon père acceptera certainement notre initiative et avant de partir, je prendrai Paul en tête-à-tête.

Marthe se blottit contre son homme et murmura d'une voix tremblotante :

– Je suis à bout, Jean. C'est atroce ce qui nous arrive ! Isolés les uns des autres, être obligés de vivre hors de notre terre natale... Si au moins tu étais là... !

Jean attira tendrement sa femme.

– Je comprends ce que tu ressens et je suis très malheureux de ne pouvoir être parmi vous... Encore un peu de patience... pour être à nouveau ensemble !

– Mon Dieu ! Que c'est dur ! dit-elle dans un souffle.

Jean la couvrit de baisers, tandis que leurs corps brûlaient d'un ardent désir. Ils s'aimèrent passionnément dans un tumultueux tourbillon de plaisir, oubliant l'espace d'un long moment, la fatigue, les soucis, l'angoisse d'une douloureuse séparation.

Marthe remonta la couverture qui était à leurs pieds puis, enlacés, ils s'endormirent finalement jusqu'aux premières lueurs du jour.

Ils se levèrent avant l'aube. Jean tenait à rejoindre ses camarades comme prévu et à profiter encore un peu de sa famille. Il aida son père à terminer le chargement du chariot, lorsque Germain et Paul accourent en hâte embrasser leur père qui attira Paul affectueusement à l'écart pour lui apprendre qu'à la rentrée prochaine, il rentrerait dans un collège, en attendant leur retour à Bezonvaux.

Jean avait souhaité prendre le petit déjeuner entouré des siens, mais personne autour de la table n'avait envie de parler, tellement l'émotion était forte. Tous étaient conscients qu'ils étaient ensemble pour la dernière fois dans leur domaine. Prenant son bol entre les mains, Jean essaya de détourner l'esprit tourmenté de chacun, en disant :

– N'oubliez pas d'emporter les lampes !

– J'en ai mis dans le chariot, répondit son père.

Rose pleurait. Observant sa femme furtivement, Jean remarqua, au mouvement de ses lèvres, qu'elle avait du mal à retenir ses larmes.

– Bientôt, nous serons de nouveau réunis, lâcha-t-il, en regardant son père, lequel répliqua par une moue discrètement dubitative.

Dans cette morne ambiance, troublée par le cliquetis des couverts, les reniflements sanglotants, Jean jeta un œil vers la fenêtre et avança :

– Encore une chaude journée ! On est dans une bonne période. C'est mieux pour voyager !

– Des passages orageux sont à craindre. On tâchera de les éviter ! Hein, Germain ! plaisanta le grand-père.

Le temps passa trop vite. Jean sortit bruyamment de table et alla à la porte qui était ouverte. Dehors, la température était agréable. Le levant irradiait la campagne de sa lumière. Son regard erra dans une cour déserte qui, à cette heure, était habituellement animée par les caquètements des poules autour du tas de fumier, les chants dominateurs des coqs, les beuglements des laitières, impatientes de retrouver leurs pâturages. De sourdes explosions le ramenèrent à l'insoutenable réalité. Il enrageait de se sentir impuissant, de ne pouvoir rien faire pour soulager la détresse des siens. Jean revint auprès d'eux, annonçant d'une voix étranglée par l'émotion que le moment tant redouté de tous, était malheureusement arrivé.

Regroupés auprès de Marthe, les enfants pleuraient. Paul, inconsolable, cachait son visage dans le tablier de sa mère. Jean le souleva dans ses bras et embrassa ses joues mouillées. Les larmes ruisselaient des yeux de Rose et de Germain, les deux grands, sur qui comptait Marthe. Jean étreignit affectueusement son père. La gorge nouée, ils échangèrent des mots optimistes sur une fin rapide du conflit et un prochain retour.

Jean boutonna sa capote, ajusta sa casquette sur la tête et s'empara de la musette contenant les bouteilles de goutte. Tout le monde le raccompagna jusqu'à la route. Après d'ultimes et déchirantes embrassades, Jean se hâta de rejoindre ses camarades, le cœur gros, avec le sentiment d'abandonner sa famille.

6

Le caporal Maginot reçut l'ordre de son Commandant de Compagnie de faire des reconnaissances dans le secteur des villages de Maucourt et de Mogeville où des Allemands auraient été signalés, eux aussi, à la recherche de renseignements.

Ce soir-là, Jean guidait, à travers champs, ses cinq camarades de patrouille et le chef Maginot. Sous une voûte étoilée, la nuit était claire et douce. A force de franchir les clôtures, les hommes commençaient à râler, quand fusa un juron, suivi d'un appel à l'aide. Jean accourut et détacha du fil barbelé son camarade Meyer d'origine alsacienne, qui était de toutes les sorties, parce qu'il parlait allemand. Aux premières maisons, ils progressèrent prudemment. Mogeville, guère plus important que Bezonvaux, était calme, les rues désertes. A l'approche du lavoir, le caporal Maginot arrêta son équipe et, après avoir donné ses consignes, plaça ses hommes de manière à être en contact à vue avec eux. Il était onze heures. De temps en temps, un chien aboyait, signe que des habitants étaient peut-être encore là. Comme chaque soir, dans le lointain, des canons tiraient quelques salves. Maginot demeurait avant tout un homme politique et il essayait de se tenir informé de l'évolution de la situation. Aussi fit-il sauter de joie ses hommes, quand il leur apprit que l'Armée d'Alsace avait reconquis Mulhouse. Un succès qui semblait donner raison à ceux qui claironnaient que l'affrontement avec l'Allemagne serait l'affaire de quelques mois. Le moral de Jean se raffermit. Aussi enthousiaste que ses camarades, il espérait une proche libération, retrouver sa famille dans son village de Bezonvaux et reprendre une vie normale. Posté derrière un muret, Jean se demandait si Marthe était parvenue chez Juliette sans trop de difficultés. Et son père, à soixante-huit ans, supporterait-il un périple aussi long et fatigant ? Autant de questions pour lesquelles il devrait malheureusement patienter pendant plusieurs jours avant d'être rassuré sur le sort de sa famille. Onze heures et demie résonnèrent. Jean prêta l'oreille. Il lui sembla reconnaître des pas de chevaux. Apparurent, en effet, au détour de la route, deux cavaliers qui avançaient tranquillement vers Jean et ses camarades. Sans doute venaient-ils abreuver les chevaux ! A courte distance seulement, Jean reconnut avec certitude, par leur casque à pointe, deux cavaliers allemands. Ils s'arrêtèrent devant le lavoir. L'un d'eux descendit de sa monture et prit la gourde que lui tendait son compagnon. Au signal, les hommes jaillirent en criant : « Halt ». Aussitôt, le cavalier resté en selle tourna bride et détala au galop en s'aplatissant sur son cheval pour éviter les balles, tandis que son camarade d'infortune, bras en l'air, était entouré par Maginot et ses hommes, sous la menace de leur fusil. Pendant qu'on ligotait, à l'aide d'une cordelette, les poignets de l'Allemand derrière son dos, Jean prit en charge le cheval et le fit boire avant de repartir par la route à Bezonvaux.

– Ce coup vaut bien une mirabelle. Qu'en penses-tu Moser ? lança Meyer avec son accent alsacien.

– Sûr ! C'est une bonne idée, répondit Jean.

– Vous aurez droit à la goutte, intervint Maginot, quand vous reviendrez, Meyer et Moser, d'une autre mission. Les renseignements que ce prisonnier donnera seront très importants pour le commandement. Il faut donc le conduire tout de suite à notre capitaine qui se chargera de le transférer au P.C. du régiment.

Maginot compléta l'escorte du prisonnier par deux autres volontaires.

– A votre retour les copains, y aura de quoi améliorer l'ordinaire, pavoisa celui qu'ils avaient surnommé le « Braco », lequel ouvrant sa capote, montra deux volailles pendues à sa ceinture.

Les hommes ne revenaient jamais bredouilles des patrouilles, ce qui, au début, contraria leur chef. Mais comme il entraînait ses courageux et intrépides patrouilleurs dans des situations où ils risquaient leur vie, il les laissa rapiner – s'agissant pour la plupart d'animaux abandonnés – et devint ainsi leur complice.

Le lendemain soir, ils renouvelèrent la même opération à Maucourt-sur-Orne, cette fois, sans succès.

Ce mardi après-midi 2 septembre sous une chaleur accablante, Marius et son petit-fils arrivèrent enfin au terme de leur voyage épuisant. Tel un coureur franchissant la ligne en vainqueur, Germain poussa un cri de joie à la vue du panneau indiquant Saizenay.

– Ton oncle Joseph nous l'avait présenté comme un village de l'importance de Bezonvaux. Il y aurait cent soixante-dix habitants, vingt de plus que chez nous, commenta Marius qui s'était aménagé un coin douillet afin de combattre la fatigue accumulée pendant neuf jours de trajet, au cours desquels il craignit parfois de ne pouvoir aller jusqu'au bout, se demandant s'il n'avait pas surestimé ses forces en s'engageant dans une pareille expédition.

Germain fut d'une aide précieuse et lorsqu'il s'apercevait que le moral de son grand-père fléchissait, il n'hésitait pas à le relayer et même à prendre des initiatives car il tenait à réussir quel qu'en fût le prix.

Aux premières maisons du village, Marius était fatigué, mais heureux d'effectuer les derniers mètres.

Il exprima sa satisfaction et sa reconnaissance à son petit-fils.

– Tu as été brave Germain. Sans toi, je ne sais pas si nous serions là, aujourd'hui.

– N'y pensons plus grand-père, puisque nous touchons au but.

– Oui, tu as raison. Tout est bien qui finit bien.

– Regarde grand-père, là-bas, près du bassin de la fontaine, je crois reconnaître Paul.

– Tu as bonne vue. Je me rends compte que la mienne baisse.

Germain appela son frère. Celui-ci détourna la tête et accourut aussitôt. Ils s'embrassèrent puis Paul monta sur le chariot à côté de son grand-père. Boby le reconnut et lui lécha le visage.

– Tu t'amusais avec des garçons du village ? demanda son grand-père.

– Oui.

– A vous éclabousser d'eau. Tu es mouillé.

– Par cette chaleur, ça rafraîchit !

Germain s'arrêta à la fontaine où Câlin et Bijou s'abreuvèrent. Paul profita de la halte pour sauter du chariot et courir prévenir sa mère avec Boby, si bien qu'ils furent accueillis par Juliette, Marthe et Rose, sorties précipitamment, chapeau de paille sur la tête pour se protéger du soleil brûlant.

– Mon Dieu ! Nous étions en souci ! Vous m'aviez parlé de six jours, clama Marthe, en embrassant son beau-père et Germain.

– Oui, c'était très optimiste de ma part. Je pensais que ça irait sans encombre, répondit Marius.

Juliette invita tout le monde à entrer dans sa cuisine et demanda aux voyageurs ce qui leur ferait plaisir. Par cette chaleur et plutôt rompus de fatigue, ils réclamèrent de l'eau fraîche qu'on leur servit rapidement.

– Et mes poules et mes lapins ? s'inquiéta Marthe.

– On avait tellement faim, il fallait bien manger maman ! plaisanta Germain sur un ton sérieux.

Marius remarqua que le visage de sa belle-fille s'était rembruni et il la rassura sur ses animaux. Continuant à éponger la sueur sous sa chemise avec son mouchoir, il ne tarit pas d'éloges sur son petit-fils. Il raconta qu'en repartant de la gare de Verdun, ils n'avaient pas effectué les kilomètres escomptés, les routes étant encombrées par des convois de militaires. Le lendemain, un gros orage les avait contraints à s'abriter pendant presque deux heures.

– Chaque fin de journée, on perdait du temps à chercher une ferme-refuge pour dormir, compléta Germain.

– Nous avons été aussi ralentis par des routes qui n'étaient pas en bon état. Enfin, nous voilà ! soupira Marius.

– Germain, j'aimerais qu'avec Paul, tu conduises nos bêtes dans la maison où nous habiterons. C'est près d'ici. Il y a un clapier, un poulailler et une écurie. La litière est prête.

Michel et Maurice, le visage écarlate, firent irruption dans la cuisine. Le grand-père admira ses petits-fils, deux adolescents costauds dont un seul, Michel, s'était engagé dans le métier de cultivateur. L'autre, à quatorze ans continuait des études à Salins dans l'établissement que Paul devrait fréquenter à la rentrée.

Ils avalèrent à grandes gorgées deux verres d'eau et accompagnèrent leurs cousins, avec les consignes de commencer le déchargement.

– Et nos soldats, en avez-vous des nouvelles ? se préoccupa Marius.

– Joseph est reparti dimanche. Il avait une permission de quarante-huit heures. Son régiment cantonne dans les environs de Besançon, commenta Juliette.

A son tour, Marthe annonça qu'elle avait reçu une lettre le matin même. Jean n'était plus à Bezonvaux, déserté par tous les habitants à l'exception du maire. La patrouille dont il faisait partie avait rejoint la Compagnie.

– Il se fait du souci, parce qu'il n'a toujours pas reçu ma lettre. Il est impatient de savoir si nous sommes arrivés à destination sans encombre.

Commençant à se relâcher, Marius reprit un verre d'eau. Il souffla bruyamment et le regard vague, il dit :

– J'ai souvent pensé aux Wagner, des cousins éloignés, du côté de ma pauvre Honorine, quand ils sont partis pour l'Algérie, après la défaite de 1870. Habitant dans la région de Metz, ils n'ont pas accepté leur annexion à l'Allemagne, et surtout quand, dans leur village, l'instituteur a été remplacé par un Prussien, ils ont pris leurs cliques et leurs claques, en emportant le strict nécessaire. Après un voyage épuisant, ils ont débarqué à Alger, puis se sont installés à Rovigo. Au début, nous avons échangé quelques lettres. Ils doivent toujours être là-bas. Au moins, eux, cette fois, ils ne subissent pas la guerre. Enfin ! Ils ont eu leur part pendant la précédente.

– Si nous allions voir notre nouveau pied-à-terre, suggéra Marthe.

– Vous serez moins à l'aise qu'à Bezonvaux, observa Juliette.

– Pour du provisoire, on s'en accommodera, répliqua Marius.

Dehors, le soleil était éblouissant. Marius rajusta la visière de sa casquette pour s'en protéger. Juliette montra en face le mont Poupet d'où à huit cent cinquante mètres, on a vue sur un magnifique et vaste panorama.

– Par temps clair, de là-haut, on aperçoit le Mont Blanc. C'est une belle promenade. Un jour, les enfants vous y conduiront, dit Juliette.

Marius acquiesça d'un signe de la tête, tout en regardant leur nouvelle habitation, dont la construction, aux murs grisâtres, remontait à 1840. Les jeunes gens avaient terminé le déchargement du chariot, entreposant les matelas et le couchage dans le poêle contigu à la cuisine, en attendant les décisions de Marthe et de son beau-père.

Quelques meubles avaient été laissés par les héritiers mais ils avaient été complétés par d'autres, apportés par les habitants sollicités par le maire. Juliette contrôla l'élan de solidarité, en fonction des besoins indispensables recensés.

Ne disposant que de deux chambres à l'étage accessibles par un escalier relativement incliné, Marthe proposa d'attribuer le poêle à son beau-père, l'une des chambres aux deux garçons. L'autre lui serait réservée ainsi qu'à Rose.

Juliette, comprenant que la famille serait à l'étroit et disposant d'une chambre, offrit à sa belle-sœur de loger Rose, laquelle se réjouit de cette solution.

Marius continua le tour du propriétaire en visitant l'étable, malheureusement vide, l'écurie où Câlin et Bijou appréciaient un repos bien gagné sur une bonne litière. Juliette lui indiqua que le pré, derrière la maison, était compris dans la location et que les chevaux pourraient y paître. Marius revint à la grange au sol en terre battue, au-dessus de laquelle et de chaque côté des greniers permettaient de rentrer des réserves de foin et de paille en quantité suffisante. Il restait un peu de fourrage mais pour ces prochains mois et peut-être l'hiver, il faudrait acquérir quelques bottes supplémentaires. Levant les yeux vers la charpente et la toiture, il constata leur bon état.

De retour à la cuisine, Marius s'assit sur une des chaises disposées autour de la table. Marthe et les enfants s'affairaient à préparer les lits, ce qui donnait de l'animation à la maison. Saisissant la cruche d'eau qui était sur la table, Marius prit deux verres parmi ceux qu'ils avaient apportés et les remplit d'eau fraîche. Malgré son calme apparent, beaucoup de choses se bousculaient dans sa tête. Un grand bruit à l'étage le ramena sur terre.

– Là-bas, nous avions nos champs à cultiver, nos animaux à soigner, nos journées étaient très occupées, mais ici, qu'allons-nous devenir, ressassa-t-il à Juliette, restée auprès de lui.

– Oui, je comprends, répondit-elle, compatissante. Marthe aura de quoi faire avec ses poules, ses lapins et un jardin. On trouvera des terres aux alentours pour labourer et semer.

D'un mouvement évasif du bras, Marius exprima sa résignation et dit :

– Sans Joseph, ça ne doit pas être facile pour vous.

– Michel a bien remplacé son père, et mes parents qui habitent à côté, ont repris du service.

– Enfin ! Grâce à vous, nous avons un toit, soupira Marius.

– C'est une chance que cette ferme soit libre et que les héritiers aient accepté de la louer, se félicita Juliette, en tournant la tête vers la porte grande ouverte où le maire venait de faire son apparition.

Très honoré de cette visite, Marius se leva non sans mal car la fatigue pesait dans ses jambes. Il salua un homme de petite taille, trapu, le visage souriant, marqué par une moustache fournie, jaunie à la base, par la cigarette. Marius le remercia chaleureusement de prendre la peine de s'inquiéter du sort de la famille Moser et surtout d'avoir provoqué auprès de ses administrés, un élan de solidarité en leur faveur.

– Dans notre malheur, cela réchauffe le cœur de se sentir dans un village aussi accueillant.

Le maire se réjouit de constater que ces nouveaux arrivants dans sa Commune, chassés par la guerre, étaient satisfaits de leur installation. Il se préoccupa néanmoins de leurs éventuels besoins immédiats.

– Ma belle-fille, Juliette, s'est donné beaucoup de mal. Elle nous a été d'un grand secours, constata Marius.

Le maire approuva, associant dans ses compliments Joseph, son mari qui, s'il avait voulu, ferait partie de son Conseil municipal.

– Vos deux fils sont donc mobilisés M. Moser ?

– Hélas, oui ! se désola Marius, qui présenta Marthe et Rose, redescendues de l'étage.

– Nous avons trois filles. L'aînée a été mariée, mais leur couple n'a pas duré. La deuxième est bien mariée. Ils sont dans la ferme des parents de mon gendre qui a été rappelé à l'armée. Notre dernière a dix-huit ans. Elle est plus attirée par la couture et le tricot que par la culture. On aurait aimé avoir un garçon, mais, aujourd'hui, quand on voit ces jeunes partir à la guerre, on est contents de n'avoir que des filles, commenta le maire, en roulant une cigarette.

– Sûr, mais les bras vont manquer dans les fermes, les ateliers, les usines et partout.

Allumant sa cigarette en inclinant la tête pour éviter de brûler la moustache, et après avoir rejeté une bouffée de fumée, le maire s'informa de la situation dans la région où habitait la famille Moser.

– Presque tous les habitants ont quitté leur village avant de subir la domination des Allemands et leurs atrocités, comme cela s'est produit dans certains villages pas très éloignés du nôtre. Nos troupes résistent en Lorraine, regagnent même du terrain et des villes perdues. Mais Bezonvaux, Ornes, le village voisin où étaient les parents de Marthe, ma belle-fille, sont adossés à cette ceinture de forts qui demeure l'objectif des Allemands. Si notre armée pouvait chasser l'ennemi de Lorraine, comme elle l'a fait en Alsace, alors pourrait-on espérer un retour dans le village ?

– Je vous le souhaite, M. Moser. En tout cas, si vous avez besoin de quelque chose, on essaiera de vous satisfaire dans la mesure du possible, dit le maire en quittant sa chaise, souhaitant à tout le monde une bonne soirée dans le calme de la campagne jurassienne.

7

Maginot et ses patrouilleurs avaient rejoint leur Compagnie en cantonnement à Fleury. Il avait obtenu du capitaine de laisser ses hommes ensemble. Fort de l'appui du chef de corps et du Général, il avait bien l'intention de poursuivre « sa guerre » avec son commando afin de rechercher des renseignements, tendre des embuscades aux Uhlans dont des éléments avancés s'aventuraient dans les villages abandonnés.

Ce soir-là, le capitaine avait reçu la mission de reconnaître tout un secteur jusqu'à Gincrey. Il partit entre chien et loup avec deux sections et le groupe Maginot. Ils évitèrent les routes, progressant à vue sous la voûte céleste où brillaient une multitude d'étoiles qui éclairaient la campagne. Les hommes qui avaient souffert dans la journée d'une forte chaleur, appréciaient la fraîcheur nocturne. En tête du dispositif, les patrouilleurs dont faisait toujours partie Jean Moser, devait envoyer quelques éclaireurs dès les premières maisons afin de déceler une éventuelle présence de l'ennemi. La traversée de Maucourt, Mogeville, s'effectua sans incident. Sur le passage de la troupe, pas un seul chien n'aboya, pas un seul habitant n'entrouvrit ses volets. Les villages étaient bel et bien abandonnés.

En pénétrant dans Gincrey, le capitaine s'attendait à un village sans âmes, surtout à deux heures du matin, quand un des hommes montra au capitaine un soupirail où vacillait une lueur. Ils s'en approchèrent et, frappant à la vitre, annoncèrent qu'ils étaient des soldats français. Peu après, une porte s'ouvrit et un homme âgé apparut, tenant un bougeoir d'une main tremblante.

– Enfin ! Des soldats français ! dit-il en souriant.

– Pourquoi ? D'autres soldats fréquentent le village ? questionna le capitaine.

– Oui, de temps en temps, des cavaliers allemands.

– Ils sont nombreux ?

– Non ! Trois ou quatre, peut-être plus. Ils font boire leurs chevaux au lavoir, le soir, le matin, jamais à la même heure.

– Y-a-t'il d'autres personnes à Gincrey ? demanda Maginot.

– Non, ils sont tous partis. Ma femme et moi, on a décidé de rester. A plus de quatre vingts ans tous les deux, où aller ? On n'a pas d'enfant. On est nés à Gincrey, on y a passé notre vie, autant la finir ici.

– On vous souhaite bien du courage, dit le capitaine, qui promit de leur rendre visite chaque fois qu'une de ses patrouilles serait dans ce secteur.

Maginot rattrapa le capitaine qui avait donné l'ordre de reprendre la marche et lui proposa de rester à Gincrey, jusqu'à l'aube, avec une dizaine d'hommes. Surpris, le capitaine rétorqua :

– Une dizaine d'hommes ? s'étonna le commandant de compagnie.

– Mon capitaine, vous savez très bien que pour réussir, une embuscade requiert de la surprise, de l'efficacité, de la rapidité pour déguerpir. Un faible effectif suffit.

– Seulement, l'ennemi peut se présenter en nombre.

– Dans ce cas, on ne bouge pas, sauf si on est débusqués, répliqua Maginot.

Connaissant la détermination de son caporal, les succès remportés dans les opérations menées jusque-là, le capitaine céda à sa demande et lui assura qu'il laisserait à l'entrée de Mogeville un groupe renforcé, en soutien et en recueil.

– A six heures, même si vous n'avez vu aucun Allemand, vous décrochez, ajouta le capitaine.

Maginot acquiesça d'un hochement de tête.

Jean Moser était parmi les douze hommes du commando. Après avoir rapidement fait le tour de l'endroit, repéré le chemin de repli, Maginot plaça ses hommes et garda avec lui les meilleurs tireurs. A quatre heures, l'attente commença.

Ce genre d'exercice était routinier chez les patrouilleurs qui, tels des chasseurs qu'ils étaient pour la plupart, prenaient leur mal en patience. Privés de cigarettes, ils essayaient de tuer le temps, en remuant des souvenirs ou en pensant à leur famille. Jean Moser était content. Il avait, enfin, reçu la veille une lettre de Marthe. Ils étaient très fatigués au terme de leur long voyage où à Nancy, il avait fallu patienter une demi-journée avant de prendre un train à destination de Besançon. Enfin, sa femme et deux de ses enfants étaient en sécurité.

– Pstt, fit à voix basse un camarade à deux mètres de lui, cette fois on pourrait bien faire chou blanc.

Jean abonda dans son sens d'un signe de tête.

Entendant des explosions, son camarade reprit :

– J'ai l'impression que ça se rapproche. Pas toi ?

– Peut-être ! chuchota Jean en haussant les épaules.

Cinq heures résonnèrent dans la nuit qui, peu à peu, s'effaçait. A l'est, le ciel s'illuminait, laissant entrevoir les contours et les formes.

– Ça fait une dizaine de jours que père et Germain sont sur les routes, songea Jean. Il faut espérer qu'ils ont rejoint Saizenay. Mon Dieu ! quelle aventure, soupira-t-il, alerté par son camarade qui avait perçu des bruits de pas de chevaux.

Prêtant l'oreille, Jean en eut confirmation, et bientôt apparurent à leur vue huit cavaliers allemands qui devisaient gaiement. Ils se dirigeaient droit devant eux pour abreuver leurs chevaux. A courte distance, Maginot déclencha le feu, imité par ses hommes. L'un des cavaliers touché, passa par dessus la tête de son cheval et tomba sur le sol pour ne plus se relever. Son cheval se cabra en poussant des hennissements, tandis que les autres cavaliers détalèrent au galop couchés sur leur monture afin d'éviter les balles.

Le feu cessa. Maginot et ses patrouilleurs se regroupèrent autour du cadavre du cavalier allemand qu'ils fouillèrent pour recueillir des renseignements, récupérer l'insigne du régiment auquel il appartenait. Ils chargèrent le corps du Uhlan en travers de la selle, le fixèrent solidement et donnèrent une tape sur la croupe du cheval qui démarra au galop.

Ils furent ensuite accueillis par le groupe de recueil commandé par un sous-lieutenant, lequel s'apprêtait à intervenir quand lui parvinrent les échos de la fusillade. Maginot raconta le succès de l'embuscade puis regagna le cantonnement de la compagnie, en passant par Bezonvaux où Jean Moser récupéra, dans sa ferme quelques bouteilles de bon vin et de mirabelle. Le succès de l'embuscade méritait un arrosage.

En quittant les lieux sans vie de son domaine, Jean jeta un regard sur ses terres en jachère forcée, mornes à cette heure matinale et sous la menace d'un prochain pilonnement de l'artillerie des deux camps.

Dans la petite église de Saizenay dont le clocher en flèche ressemblait à celui de Bezonvaux, les nouveaux arrivants assistèrent à la messe dominicale. Ils n'étaient pas très à l'aise car, pendant l'office, ils se sentirent épiés. M. le curé invita l'assistance à prier pour la paix, le retour au foyer des soldats et le repos de l'âme de trop nombreux morts pour la France. Il salua la présence de la famille Moser, chassée de son village natal par la guerre, et demanda à la communauté paroissiale de l'accueillir chaleureusement.

A la sortie de la messe, Juliette, l'enfant du village, présenta plusieurs villageois à son beau-père et à sa belle-sœur.

Comme l'avait déjà offert le maire, un cultivateur proposa à Marius de mettre ses chevaux avec le sien dans une de ses pâtures. Marius le remercia mais s'inquiéta surtout de savoir où il pourrait acquérir du foin, de la paille et du bois de chauffage pour l'hiver.

M. le curé rejoignit ses fidèles qui échangeaient devant l'église. C'était pour lui l'occasion de prendre le pouls de ses paroissiens, de partager leurs soucis et, pendant ces moments tragiques, d'apporter un peu de réconfort aux familles concernées directement par le conflit. M. le curé s'arrêta auprès de Marius, en discussion avec le maire. Il eut des paroles compatissantes, d'espoir pour une fin prochaine de la guerre et le retour de ses fils. Il s'informa auprès de Marius de la situation dans cette région proche de la frontière sous la menace constante d'une attaque de l'armée allemande.

– C'est dramatique M. le curé, d'être contraints de fuir, d'abandonner nos maisons, les terres que nos anciens ont acquises par leur labeur.

– Vous y reviendrez, dit le maire, en tirant sur sa cigarette, peut-être plus tôt qu'on ne le pense, si nos troupes résistent et regagnent du terrain, comme cela se passe en Lorraine.

– Oui, les Allemands sont surpris. Ils comptaient s'emparer de Paris et faire une guerre-éclair. Et voilà que les Russes les bousculent à l'Est, ce qui oblige le commandement allemand à renvoyer des renforts pour faire face à l'offensive russe.

Sur ces entrefaites, Paul arriva en courant auprès de son grand-père.

– C'est le petit dernier de mon fils aîné, rappelé dans un régiment de territoriale, qui est pour le moment dans le secteur de Bezonvaux, notre village. Paul a fait cette année sa communion solennelle.

– Est-ce que tu servais la messe ?

Paul répondit affirmativement d'un signe de la tête et le prêtre lui proposa de continuer à Saizenay, au moins pendant le mois de septembre, puisque son grand-père avait annoncé qu'il serait à la rentrée prochaine à Salins, dans le même collège que son cousin Maurice.

Le sacristain carillonna midi, provoquant la séparation et la dispersion des fidèles. La plupart des femmes s'étaient empressées d'aller mettre sur le feu le repas, en attendant le retour des hommes du café, où ils avaient l'habitude de se retrouver après la messe pour déguster leur blanc du Jura.

Juliette avait cuit un lapin et invité tout le monde à sa table. Le repas consommé et la sieste du grand-père terminée, elle suggéra de faire une promenade jusqu'au mont Poupet. C'était une journée agréablement ensoleillée, moins chaude que la semaine précédente.

Germain préféra rester avec son cousin Michel afin de l'aider aux travaux de la ferme, à rentrer les bêtes de la pâture et à traire. Marius avait pris sa canne et de temps en temps il s'arrêtait au bord d'un champ, jaugeant un troupeau de montbéliardes en train de paître, observant une parcelle fraîchement labourée en prévision des semailles d'automne ou cherchant à identifier les espèces de pommes en abondance cette année, à cueillir dans un mois. Tout ce qu'il voyait le renvoyait inévitablement à Bezonvaux, à son domaine abandonné, à ses champs en jachère, à ses mirabelliers dont les fruits ne seront pas récoltés.

Ils montèrent par un sentier en lacets, à travers la forêt où trônaient de magnifiques essences, qui rappelaient celles de la forêt de Verdun. La pente était raide pour les vieilles jambes et Marius renonça à poursuivre au-delà de la Croix de Poupet, à huit cents mètres d'altitude.

– Je n'irai pas plus loin, dit-il essoufflé, en s'asseyant sur un rocher.

– On peut rester là, le point de vue est beau, répondit Juliette qui décrivit le panorama, en situant les forts Belin et Saint-André qui dominaient la ville de Salins, incrustée dans la vallée de la Furieuse.

Marthe retint Paul qui s'avançait imprudemment au-dessus de l'à-pic. Elle demanda à son cousin de lui montrer son futur collège, pendant que Juliette essayait de faire repérer à son beau-père l'itinéraire qu'il avait emprunté pour arriver à Saizenay.

– Il y a une vingtaine d'années, précisa Juliette, je me souviens que les coteaux étaient couverts de champs de vigne. En peu de temps, le phylloxera a anéanti la totalité du vignoble et personne n'a osé replanter comme l'ont fait des vignerons à Arbois.

Puis, elle ajouta :

– C'est dommage, le fond à l'horizon est brumeux et on ne peut apercevoir le plus haut sommet des Alpes, qui s'appelle Maurice ?

– Le Mont Blanc, répondit-il instantanément.

Exposé à la brise qui soufflait sur son visage en sueur, Marius rechercha un endroit abrité tout en ayant un œil sur le pittoresque paysage.

Juliette entraîna sa belle-sœur et Rose à quelques mètres de là pour leur montrer plusieurs touffes de plantes vivaces de vulnéraires des montagnes.

– Nous les appelons ici, « pompons du Poupet ». Ces fleurs de couleur pourpre apparaissent en juin et durent jusqu'en août. Elles sont utilisées en infusions, recommandées comme calmant. J'en ai à la maison. Je vous en ferai. Le goût est agréable.

Il était quatre heures et demie. Juliette proposa de rentrer tranquillement.

Ce matin-là, alors que les premières lueurs du jour filtraient dans la grange, Jean Moser fut réveillé par Meyer, son voisin de cantonnement qui rentrait de patrouille. Infatigable, tenace, Maginot continuait, en effet, ses sorties nocturnes à la recherche de renseignements sur les avant-postes ennemis.

L'objectif de cette nuit était le village d'Ornes. Il avait limité son groupe à une dizaine d'hommes car il estimait être plus à l'aise à manœuvrer avec souplesse une petite unité.

– Alors Pépère ? questionna Jean.

– Chou-blanc, mon vieux ! On n'a rien vu, répondit Meyer.

– Vous êtes passés devant la ferme de mes beaux-parents ? Comme je dois écrire à ma femme, tu n'as rien remarqué de particulier ?

– Non, mais Ornes est un village aussi mort que les autres. Pas une âme, si bien qu'on n'a ramené aucun tuyau. Par contre, on a de quoi améliorer l'ordinaire. Il y avait quelques poules qui traînaient dans un champ.

Jean aurait aimé faire partie de l'expédition et revoir son village, son domaine, s'y arrêter pour prendre du vin. « Autant qu'on en profite plutôt que les

Allemands », répétait-il à ses copains. Il avait confié à Meyer par où il pouvait pénétrer dans la ferme et où il trouverait la réserve de vin.

– Tiens ! voilà quatre bouteilles de pinard et une de mirabelle.

Fatigué, Meyer enleva ses chaussures et s'étendit sur son lit de paille, se couvrant de sa capote.

– Bon Dieu ! Que c'est dur ! C'est pas aussi mœlleux que le plumard de nos femmes ! grogna Meyer dont les paupières avaient tendance à se fermer. D'après Maginot, poursuivit-il, on a stoppé les Allemands qui étaient proches de Paris et contre-attaqué avec le renfort de deux régiments – quatre mille hommes – basés dans la capitale. Ils ont été transportés en une nuit par les taxis parisiens réquisitionnés. Ses réserves envoyées sur le front russe, l'armée allemande n'a pu résister et a pris une bonne déculottée, dans la vallée de la Marne, entre Meaux et Verdun, sur un front de deux cents kilomètres.

– Y a eu beaucoup de casse ? interrogea Jean.

– Le chef parlait de plusieurs milliers de tués dans nos rangs.

– Une victoire qui coûte cher ! répondit Jean.

– Au fait, ce soir, Maginot paie à boire. Il arrose sa citation et ses galons de sergent, annonça Meyer en se retournant sur sa couche. Percevant des ronflements, Jean prit dans son sac la lettre de Marthe reçue la veille. Cette fois, il était rassuré. Sa famille était en sécurité.

8

Déjà plus de deux mois que la famille Moser avait quitté Bezonvaux. Chaque jour, Marius s'ennuyait désespérément. Il errait aux alentours de Saizenay dans une campagne qui n'avait pas la même odeur que ses terres. Il trouvait que c'était différent. Pourtant, la parure automnale des forêts était aussi richement colorée que dans son pays. Là-bas, accaparé par le travail, il ne s'émerveillait plus de ce spectacle aux tons chauds et chatoyants.

Marius n'avait que très peu d'activité. Ayant acquis quelques stères de bois, il fut occupé pendant une dizaine de jours à scier, à couper des bûches et à ranger le bois dans la remise. Il avait envisagé d'acheter une jeune vache, mais il différa ce projet en raison des succès des armées françaises en Alsace, en Lorraine et le dernier, non des moindres, celui de la bataille de la Marne. Ces victoires lui laissaient entrevoir la fin du conflit et un retour à Bezonvaux plus tôt qu'il ne l'espérait.

Marthe était ravie, elle eut une première portée de cinq lapins et avait reconstitué son poulailler qui s'était enrichi d'un coq que lui avait donné sa belle-sœur. Elle avait demandé à Germain de retourner le potager à la bêche derrière la ferme. Il n'avait pas été cultivé depuis plusieurs années. Au printemps, elle ameublirait la terre au crochet, la fumerait et sèmerait.

Les deux belles-filles décidèrent Marius de les accompagner à Salins, la veille de la rentrée scolaire. Marthe appréhendait cet après-midi car Paul n'avait jamais été séparé de ses parents. Elle se demandait comment il supporterait les premiers jours d'internat. Aussi comptait-elle sur Maurice, son cousin, qui entamait sa troisième année au collège pour s'en occuper aux récréations et lui faire partager ses jeux. A la Toussaint où ils passèrent deux jours en famille, Marthe fut rassurée, en apprenant que son fils se plaisait au collège et n'avait pas été cafardeux.

Les enfants installés au collège, Juliette avait prévu d'emmener son beau-père et sa belle-sœur faire un tour dans la ville. A l'exception d'un bref passage à Salins en septembre, pour l'inscription de Paul au collège, Marthe avait d'autres préoccupations que celle de visiter cette petite ville qui devait son nom à des sources salifères et que sa belle-sœur était fière de leur faire découvrir. Pendant une heure, avant la tombée de la nuit, Câlin les promena le long de la rue principale. Juliette présenta d'abord le bâtiment des Salines d'où le sel était exploité dans les profondeurs souterraines, puis l'établissement thermal fréquenté par des curistes venus de loin, grâce au chemin de fer. Marius fut impressionné quand Juliette relata l'incendie qui ravagea plus de trois cents maisons, dont la reconstruction nécessita plusieurs années. Aussitôt, il songea à son village que la guerre pourrait réduire en cendres.

Quinze jours plus tard, Juliette apprit qu'un de ses voisins devait se rendre à la taillanderie à Nans-sous-Sainte-Anne. La qualité de sa fabrication était réputée et les paysans des alentours s'y approvisionnaient en faux et en outils. C'était une occasion de distraire son beau-père un après-midi et de visiter ce village pittoresque et sa source du Lison. Marius adhéra à la proposition de sa belle-fille.

Chemin faisant, Marius fit plus ample connaissance de son conducteur, un cultivateur de Saizenay dont le fils avait été rappelé dans l'artillerie. Aux dernières nouvelles, son régiment avait détruit des batteries allemandes dont une de gros calibre, dans les environs de Saint-Mihiel. Marius parla de cette région de la Woëvre, au sud de Verdun, d'accès difficile, constituée d'étangs et de forêts très touffues. Il était au courant que de sérieux accrochages s'y étaient déroulés. L'un et l'autre se montrèrent pessimistes sur une évolution favorable et rapide du conflit. Marius exprima son inquiétude pour son fils Jean qui pourrait être en grand danger, en cas d'attaque massive des Allemands dans la zone de Verdun. Quant à Joseph, qu'il avait été heureux de revoir lors d'une permission de quarante-huit heures à la mi-octobre, il était toujours dans les environs de Besançon, mais il avait laissé entendre que son régiment pourrait aller renforcer des unités en Lorraine.

Le soir, pendant le souper, Marius raconta sa promenade à Nans-sous-Sainte-Anne dont l'importance était due à l'activité de deux manufactures, une faïencerie et une taillanderie. Dans cette dernière, ils avaient été reçus par le patron, plus jeune que Marius. Le cultivateur de Saizenay ignorait que le petit-fils du taillandier avait été blessé sur le front d'Alsace et qu'un ouvrier de la taillanderie avait été tué. Jusqu'à l'année 1913, la fabrique avait réalisé une grosse production mais, maintenant, avec un effectif réduit et des clients peu enclins à commander, en raison des événements, le patron de la taillanderie se demandait s'il aurait encore du travail à donner à ses ouvriers, surtout si la guerre devait durer des mois. En franchissant le seuil de l'atelier, Marius fut saisi par l'odeur de charbon brûlé et d'acier chauffé, en même temps qu'entrèrent dans ses oreilles le bruit assourdissant des martinets et les sons aigus renvoyés par une enclume. Il reconstitua en détails ce qu'il avait vu et comment ces gros marteaux, actionnés par la force hydraulique, étalaient le lingot rougi dans une forge pour en faire, après plusieurs autres opérations de finition, une faux, une serpe, une hache, une pioche et autres outils taillants. Ils passèrent tellement de temps à l'atelier, éclairé à l'électricité, qu'ils renoncèrent à aller jusqu'à la source du Lison.

Rose, qui s'était rendue dans ce village un mois auparavant avec Marie, la fille cadette du maire, regretta que son grand-père ne pût voir cette eau qui jaillissait en rugissant d'une caverne, en une chute aussi haute que large de franges écumeuses.

Marthe projeta de visiter ce site lors d'une belle journée de printemps car, d'après Juliette, il y aurait d'autres petites balades à partir de la source. Marius eut un geste de résignation, insinuant que d'ici-là, nul ne savait comment évolueraient les événements.

Passée la Toussaint, les jours devenaient de plus en plus courts. La température s'était rafraîchie. Affaiblis par les frimas et les premières gelées matinales, les arbres se dénudaient. La nature préparait son hibernation.

Marius occupait la plupart de ses journées dans son fauteuil. Il n'avait plus envie de sortir. A la Toussaint, il rentra aussitôt après la messe. Il avait trop mal au cœur, en pensant que, cette année, les tombes de ses chers disparus, comme toutes les autres, ne seraient pas fleuries. Avant de partir de Bezonvaux, il s'était rendu au cimetière où il avait déposé des bouquets de roses devant les sépultures de ses parents et de son épouse Honorine.

Par la lecture du journal *L'Eclair comtois*, que lui transmettait le maire, Marius essayait de se faire une idée de la situation, et particulièrement dans les régions où manœuvraient les régiments de ses deux fils. Récemment, celui de Joseph avait été envoyé dans les Vosges. Sans trop y croire lui-même, il consola Juliette en lui rappelant que les régiments de territoriaux ne participaient pas directement aux combats et qu'ils étaient normalement utilisés à la garde des camps de prisonniers, au ravitaillement en vivres et en munitions des unités engagées.

Marius constatait que les soldats français se défendaient vaillamment. Aux attaques succédaient les contre-attaques. Chaque camp s'acharnait à reconquérir la parcelle de territoire perdue au prix de pertes considérables. Au lendemain de leur défaite de la Marne, les Allemands épuisés, pourchassés par les combattants français, s'arrêtèrent et se retranchèrent. Ils s'enterrèrent hâtivement, protégés par des réseaux de fil de fer barbelé, une artillerie lourde et flanqués par le feu meurtrier de leurs mitrailleuses. Des unités françaises entières furent décimées, si bien que le commandement donna l'ordre de faire face à l'ennemi en s'abritant également dans des tranchées.

Marius replia rageusement le journal. Il avait compris qu'à l'approche de l'hiver, commençait une guerre nouvelle, une guerre d'endurance, de ténacité qui pourrait continuer de longs mois. Marius soupira bruyamment et se dit que, cette fois, il ne reverrait pas Bezonvaux de si tôt.

Jean tenait en main la lettre de son frère. Il était assis sur un billot à l'écart du hangar où il logeait avec le groupe Maginot. Joseph lui annonçait que son régiment était maintenant dans la région de Saint-Dié pour relever une unité partie en repos. « *On nous a appelés, nous "les pépères", pour monter la garde dans un secteur qui n'est pas encore exposé aux attaques de l'ennemi. J'espère que tu vas bien et que tu peux donner de bonnes nouvelles de Bezonvaux à notre père qui se fait du souci…* », écrivait-il.

Remettant la lettre dans une poche, Jean remonta le col de sa capote. Le temps était frisquet et humide. Il regarda fixement ses deux camarades qui activaient le feu de leur foyer improvisé entre deux pierres, perturbé par des coups de vent. Il était onze heures du matin et ils devaient cuire les côtes du porc qu'ils avaient ramené de Mogeville, à la fin de la semaine dernière, après la bataille.

Trois jours auparavant, le 6 novembre, le groupe Maginot avait participé à la reprise des villages de Maucourt et de Mogeville occupés par les Allemands. Les fantassins du 365e Régiment d'infanterie résistèrent à une violente attaque de l'ennemi sur Maucourt et lui infligèrent de lourdes pertes. Ils capturèrent trente Allemands dont se chargèrent Jean et ses camarades. Du côté du 365e, on déplora trente tués.

Jean n'avait pas vu entrer dans le hangar le sergent Maginot qui rassembla tous ses hommes autour de lui. Le commandant de Compagnie, à la demande du Général gouverneur de Verdun, venait de lui confier une mission. Il s'agissait d'aller reconnaître le bois des Hayes au nord-est de Maucourt où camperaient des Allemands. Maginot fixa le départ dans deux heures, demandant à Colin, le caporal, de veiller au réapprovisionnement en munitions. Le repas, arrivé de la roulante plus tôt que d'habitude, fut rapidement consommé, sans les côtelettes de porc.

A Maucourt, le sergent Maginot informa le sous-lieutenant, chef de la section du 365e qui occupait le village, de la reconnaissance qu'il devait effectuer dans le bois des Hayes.

Maginot était au milieu de ses patrouilleurs. Ils progressaient prudemment, espacés les uns des autres, en terrain découvert. Tout était calme. Le sergent en pointe de son dispositif, ne quittait pas des yeux la lisière, vers laquelle ils se dirigeaient. Apercevant une petite tranchée, il fit signe à plusieurs de ses hommes qui étaient à ses côtés, de l'accompagner, les autres demeurant en couverture. Ils avancèrent, l'arme prête à tirer. A une vingtaine de mètres de la levée de terre, de nombreux Allemands surgirent et les accueillirent par un feu nourri. Quatre de l'équipe de tête furent mortellement atteints. Maginot et ses hommes ripostèrent. Des Allemands tombèrent. Fauché par une balle qui lui fracassa le tibia, le sergent se releva et put, tant bien que mal, reculer d'une cinquantaine de mètres, sous le feu toujours aussi intense de l'ennemi, quand il sentit une violente douleur au genou qui le plaqua au sol. Il n'était plus qu'à quelques mètres de plusieurs patrouilleurs qui repoussaient les tentatives d'assaut des assaillants. Grimaçant, serrant les mâchoires, il se traîna jusqu'à eux, protégés par de grosses pierres.

– Vous êtes blessé sergent ?

– Oui, aux jambes, mais ça ira, répondit-il essoufflé, les traits de son visage marqués par la souffrance.

– Ils sont au moins une centaine les salopards. Et nous, combien de valides ? questionna Maginot.

– A notre droite, du côté du caporal, y a des blessés.

– Appelez Colin !

Il était plus de six heures du soir. Les Allemands firent une nouvelle sortie en hurlant, comptant en finir avec cette poignée de Français tenaces. Arrivés à une quarantaine de mètres, ils furent stoppés et contraints de battre en retraite, laissant leurs camarades tués ou blessés.

Maginot confia à Colin la défense du flanc droit de leur dispositif coûte que coûte. Il disposait de huit hommes valides. Les consignes étaient d'attendre la nuit pour quitter ce guêpier et d'économiser les munitions.

– Ne tirer qu'à courte distance. Pas d'imprudence. On ne bouge plus de notre position, insista Maginot.

Des blessés allemands appelaient leurs camarades au secours. Dans le camp français, le plus sérieusement touché fut Braco qui reçut une balle dans le ventre. « Bouffe-toi les poings… fais comme moi » lui criait Maginot en l'entendant râler. Colin apprit au sergent qu'autour de lui, il y avait trois blessés, dont Moser atteint à un genou comme lui, et deux autres moins grièvement, au bras et à l'épaule.

L'horloge ne tournait pas vite. Sous un ciel uniformément gris, la fraîcheur humide qui enveloppait la campagne, glaçait les combattants, couchés sur le sol, guettant la lisière d'où jaillissaient les adversaires. Les capotes des valides recouvraient les blessés, secoués par des tremblements causés par le froid et la souffrance. Tout le monde était exténué et avait hâte de pouvoir décrocher. Les patrouilleurs solides, bien entraînés, déjouèrent une manœuvre d'encerclement et repoussèrent plusieurs assauts. L'ennemi en supériorité numérique voulait sans doute enlever ce nid de résistance avant la nuit. Anxieux, Maginot souffrait. Il se demandait si ses hommes tiendraient face à ces assauts répétés. Après chaque attaque, il récapitulait les pertes de son groupe. Il en était à cinq tués et sept blessés, quand estimant l'obscurité suffisante, il donna l'ordre à deux patrouilleurs d'emmener les blessés en état de marcher et de revenir le plus rapidement possible avec des renforts.

Dans la nuit noire, l'attente fut interminable. Les patrouilleurs craignaient, à tout moment, d'être submergés par un ennemi audacieux, désireux de s'assurer la maîtrise définitive des lieux. Personne ne bougeait, prêtant l'oreille au moindre bruit suspect. Les valides veillaient et s'étaient rapprochés de leurs blessés. « Que c'est long ! Enfin, ça aurait pu être pire ! Quand j'ai vu tous ces Boches se dresser et nous tirer comme des lapins, j'ai cru qu'on allait tous y passer ! » gémit à voix basse Maginot.

– Un bataillon ne nous ferait pas peur ! fanfaronna un des plaisantins de la bande.

Entendant le Braco râler, Maginot qui n'extériorisait pas sa souffrance, l'encouragea à tenir.

– Moser comment ça va ?

– Je ne sens plus ma jambe, répondit-il en grognant. Un petit verre de goutte, de la bonne mirabelle, serait le bienvenu, ajouta-t-il.

– Encore un peu de patience, nos sauveteurs ne devraient pas tarder.

Il était neuf heures trente. La nuit était toujours aussi noire, mais en face le calme était revenu. L'ennemi avait sans doute terminé l'évacuation de ses blessés.

– Sergent ! On arrive avec les secours, annonça un patrouilleur de retour.

Plusieurs fantassins se présentèrent en rampant, au cas où les Allemands percevant du bruit, déclencheraient des tirs au juger.

Les blessés furent installés sur des brancards, puis aussitôt emmenés. Quelques homme de la patrouille, renforcés par un groupe de l'unité basée à Maucourt, demeurèrent sur place, prêts à riposter, afin d'assurer la protection de l'évacuation.

A Maucourt, les blessés reçurent les premiers soins en attendant l'ambulance qui devait les transporter à l'hôpital de Verdun où une partie avait été réservée aux militaires.

Mal en point, Braco avait perdu connaissance. Tous les rescapés de la section d'élite qui avaient vécu pendant deux mois et demi une aventure dangereuse mais passionnante, entouraient leurs camarades blessés. Au moment de les quitter, Maginot, ému, les remercia et leur exprima sa fierté d'avoir eu sous ses ordres des soldats de qualité, des combattants dont la vaillance avait permis de remplir les missions qui leur avaient été confiées. Témoin de tant de sacrifices, il leur assura d'être à nouveau en première ligne à la Chambre des députés pour défendre leurs intérêts et ceux de leurs familles.

Meyer accompagna son camarade Moser jusqu'à l'ambulance. Ils promirent de s'écrire.

9

Un mois plus tard, Jean sortit de l'hôpital où il avait subi une opération délicate car le projectile avait endommagé la rotule et l'articulation. Le chirurgien lui prédit qu'il ne pourrait plus plier la jambe et lui conseilla de marcher le plus possible à l'aide d'une canne afin de soulager l'autre jambe.

Dès qu'il eut l'autorisation de quitter l'hôpital, Jean se précipita dans la salle où était soigné Maginot, chef d'une section à part, au sein de laquelle il avait vécu une belle mais dangereuse aventure. Le sergent partagea la joie de son patrouilleur qui était heureux comme un écolier, la veille de grandes vacances. « Pour moi aussi, lui avait-il déclaré, la guerre est finie. Nous avons fait du bon travail et je n'oublierai pas ces vaillants soldats que j'ai eu à commander dans des situations difficiles et périlleuses ». Maginot rappela la reconnaissance qu'ils firent à Ornes où ils échappèrent de justesse, grâce à la nuit, à un encerclement par des Allemands supérieurs en nombre. Et puis, ce dernier accrochage au bois des Hayes qui coûta la vie à plusieurs patrouilleurs dont le Braco qui mourut à l'hôpital. « Nous, on s'en sort, poursuivit Maginot. De retour à la Chambre des députés, je défendrai la cause des veuves, des invalides et de ces familles qui ont abandonné leurs biens, chassés par la guerre ». Ils se congratulèrent. Maginot souhaita bonne chance au patrouilleur Moser, à qui il promit d'intervenir auprès de la Commission de réforme.

Le voyage fut long et très éprouvant. Souvent, Jean pensait à Marthe et aux enfants qui avaient emprunté le même itinéraire, quelques mois auparavant. A Salins, le chef de gare lui présenta le voiturier de la taillanderie de Nans-sous-Sainte-Anne, venu expédier quelques colis et qui eut la gentillesse de le conduire jusqu'à Saizenay.

Jean surprit les siens qui ne l'attendaient pas. Marthe tomba en pleurs dans les bras de son homme. Elle en trembla d'émotion. Passé ce moment fort des retrouvailles, tant espéré par tous, la famille se rassembla joyeusement autour de la table et d'un bon repas rapidement préparé par la maîtresse de maison et sa fille. Marthe ne cessait d'observer son mari très loquace, racontant les exploits de sa section d'élite, commandée par un député de la Meuse. Au premier regard, Marthe avait trouvé son mari amaigri, ce qui la frappait davantage à la lumière des lampes à pétrole qui accentuait le teint blafard de son visage barbu. Son auditoire familial était passionné par ses anecdotes, ses récits guerriers. Apercevant les yeux de son père se fermer et sa tête basculer sur sa poitrine, Jean proposa d'aller dormir, lui-même étant rompu de fatigue.

Ce soir-là, Jean et Marthe savourèrent au plus haut point des merveilleux instants d'un bonheur qu'ils espéraient définitivement retrouvé.

Convalescent, Jean se remit peu à peu, bien aidé par Marthe qui lui mijotait des petits plats. Elle s'était rendu compte que ces trois mois de guerre avaient changé son mari. Certes, ce handicap physique le préoccupait, se demandant s'il pourrait reprendre son activité comme avant, mais ses pensées le ramenaient surtout auprès de ses camarades de combat, sur les lieux de leurs coups-de-main. L'hiver durait. Les longues journées de pluie, de tempête de neige l'empêchèrent de sortir, de découvrir le cadre de leur nouvelle vie d'exilés. Il passa son temps à lire les journaux, à discuter avec son père de l'évolution de la situation. Malgré les rudes conditions hivernales, les attaques, contre-attaques se succédaient sans pour autant obtenir des résultats décisifs. Les deux camps, maintenant enterrés dans des tranchées, communiquaient entre eux par des duels meurtriers d'artillerie. Marius et Jean furent impressionnés en apprenant que pendant les trois premiers mois de guerre, on comptabilisait 100 000 tués, disparus et blessés. Et déjà, le village de

Saizenay était endeuillé, lorsque mourut, courant février, un de ses enfants, grièvement blessé au front. Toutes ces pertes – on parlait même de régiments décimés – inquiétaient Marius car si l'un de ses fils ne risquait plus rien depuis qu'il avait été définitivement réformé, l'autre était toujours en danger, même s'il n'était pas directement exposé. Aux premières lueurs de l'aube, Marius priait afin que la toute puissance divine épargnât Joseph.

Le lendemain de l'accrochage, Jean sut, par Meyer, que le restant de la section Maginot avait rejoint la compagnie. Les casse-cous étaient redevenus de simples et sages territoriaux. Meyer lui avait écrit que la ligne de chemin de fer Verdun-Montmedy était dorénavant utilisée par l'armée. Elle permettait d'acheminer des pièces d'artillerie lourde et de ravitailler les unités de la Woëvre. Pour des raisons de sécurité, son camarade ne détaillait pas les différents déplacements qu'avait effectués le régiment. Il indiqua cependant que le 44e R.I.T. était dans le dispositif de renforcement de défense autour de Verdun et qu'il se trouvait dans la région de Bezonvaux. Jean et son père furent étonnés d'apprendre qu'un habitant de Bezonvaux avait été mortellement atteint dans la rue par les éclats d'un obus. Ils se demandèrent qui était cette victime, restée au village au péril de sa vie. Le grand-père se servit de cet exemple dramatique pour rappeler qu'il avait eu raison de prendre cette grave décision de quitter Bezonvaux.

A Saizenay, la fin de l'hiver fut marquée par l'annonce de la mort d'un autre enfant de la Commune au cours de l'offensive de l'armée française en Champagne.

Le maire, en accord avec son Conseil, avait laissé à disposition des réfugiés lorrains le champ que la Commune louait au propriétaire de la ferme qu'ils occupaient. Les Moser reconnaissaient la chance qu'ils avaient d'être aussi bien acceptés dans ce village jurassien. Par le maire, qui avait rencontré les bénévoles d'une de ces Associations créées pour venir en aide matériellement et moralement aux réfugiés, Jean était au courant que la population de certaines régions, au contraire, se comportait de façon égoïste et discriminatoire.

Ce matin-là, transpirant sous un chaud soleil, Jean portait sur son épaule une sorte de gros baluchon d'herbe, fixé au bout de la faux. Il aimait ces moments en pleine nature où il retrouvait les sensations du faucheur, cette musique qui résonnait dans les champs pendant les foins, avant l'acquisition des faucheuses. Aussi, prenait-il plaisir à réentendre le tintement de l'acier sous les passes de la pierre à aiguiser, puis le bruit chuintant de la lame coupant l'herbe tendre. Il était surtout content de montrer à son entourage que, malgré son handicap, il pourrait retravailler normalement.

Il laissa cependant à Marthe son potager, que Germain avait retourné à l'automne. Elle avait utilisé tout le terrain dont elle disposait, en serrant au maximum ses planches de légumes. Jean l'avait aidée à planter les pommes de terre en prolongement du champ de Juliette. Il fallait, en effet, songer à se nourrir si l'état de guerre devait encore durer. Depuis le retour de son mari, Marthe ne bénéficiait plus de l'allocation versée aux femmes de mobilisés, heureusement remplacée par celle qui était allouée aux réfugiés. Son taux journalier fixé à 1,25 franc pour les adultes et 50 centimes pour les enfants pris en charge jusqu'à seize ans, ne permettait aucun excès. Les réserves des Moser n'étaient pas inépuisables car il fallait payer le loyer et la pension de Paul. Jean était sûr que son ancien chef, le député Maginot, à qui il avait écrit dernièrement pour lui faire part de leurs difficultés, s'activait auprès de ses collègues pour les défendre. Il avait toujours à l'esprit ce qu'il disait quand ils traversaient des villages, vidés de leurs habitants : « Il faudra bien un jour indemniser ces pauvres gens, contraints d'abandonner leurs biens, la mort dans l'âme ». Jean mûrissait le projet de chercher un employeur à Germain, ce qui procurerait un revenu. Partout, les usines, les ateliers étaient à la recherche de main-d'œuvre – en remplacement des hommes mobilisés. Des femmes, des adolescents prenaient le relais. Jean en parla au maire, lequel songea aux manufactures de faïences et d'outils-taillants à Nans-sous-Sainte-Anne, mais également à Salins où il y aurait peut-être davantage de possibilités avec une importante faïencerie, deux papeteries et des scieries. Il connaissait le patron d'une scierie et se proposa de le rencontrer lorsqu'il se rendrait à la foire de Salins, dans quelques jours.

Jean s'arrêta chez sa belle-sœur dont la porte de la cuisine était ouverte, laissant pénétrer la chaleur solaire.

– Je ne te dérange pas ? questionna Jean.

– Non, entre ! répondit Juliette qui était seule.

– Je suis allé à l'herbe pour les lapins de Marthe. Elle en a cinq de plus.

– La basse-cour se porte bien aussi, observa-t-elle en versant un verre d'eau fraîche à son beau-frère.

– Tu as reçu hier une lettre de Joseph. Comment va-t-il ?

– Il est toujours dans l'Aisne, pas très loin de Soissons, dit-elle en saisissant l'enveloppe posée sur le buffet.

– Voilà ce qu'il écrit :

Notre régiment de Pépères sert à tout. Après avoir réparé les dégâts de l'hiver dans les tranchées, remis en état des routes détériorées par les intempéries, on aide des infirmiers à évacuer les blessés. La bataille terminée, le calme revenu, on va chercher les camarades tués pour les enterrer. Demain, on devrait aller garder un camp de prisonniers.

– Je suis rassurée. Joseph ne semble pas être en danger. Qu'en penses-tu ?

Jean avala d'un trait un deuxième verre d'eau et s'essuyant les lèvres du revers de la main, il dit :

– Ce qu'ils font n'est pas très agréable. Vaut mieux ça que d'être en face des Boches !

Juliette continua la lecture :

Je pense souvent à vous et encore plus quand je vois des réfugiés sur les routes. Je me dis qu'ils ont bien fait de quitter Bezonvaux. Ils sont maintenant à l'abri, et mon frère, définitivement auprès d'eux.

Je ne désespère pas de vous revoir bientôt, d'autant que l'on a appris que l'Italie était à nos côtés, en déclarant la guerre à l'Autriche. Ça nous a redonné du courage !

– Mon Dieu ! Que cette guerre finisse ! implora Juliette.

– Oui. Ce serait bien pour tout le monde, soupira Jean, en se levant.

Juliette raccompagna son beau-frère jusqu'au pas de la porte, baigné en cette fin de matinée d'un soleil généreux. Rechargeant son fardeau, Jean déclara que dans une dizaine de jours, il faudrait attaquer les foins.

Apercevant son mari, Marthe alla à sa rencontre. Elle lui apprit que le maire était venu annoncer que Germain était embauché dans une scierie à Salins. Manquant d'employés depuis la mobilisation, le patron serait prêt à le prendre, dès le début de la semaine suivante.

Ce premier jour de l'été, le beau temps était au rendez-vous. A l'horizon, du côté du levant, le ciel brillait, lorsque Germain prit la route de Salins pour commencer le travail à la scierie.

De leur côté, Jean et son neveu Michel gagnèrent le champ qu'ils avaient à faucher. Le village s'animait. Des paysans matinaux faisaient déjà chanter leur faux sous la pierre à aiguiser.

Jean remplaçait son frère. Le grand-père voulait être de la partie, mais il se rangea à l'avis de son fils qui estima que son père serait plus utile chez Juliette, à aider à la traite. Jean avait remarqué que ces dix mois d'exil l'avaient beaucoup changé. Jean espérait qu'aux beaux jours, après avoir passé l'hiver dans son fauteuil, son père reprendrait goût à une vie normale et sortirait de la nostalgie causée par l'éloignement de son pays natal. Les événements qu'il suivait par les journaux, le rendaient encore plus taciturne, parce que dans cette bataille de tranchées, il ne décelait pas une issue prochaine de cette guerre et un retour à Bezonvaux.

A l'entrée du champ, au pied d'un buisson, Jean et son neveu tombèrent la veste, puis affûtèrent le tranchant de la lame de leur faux, longue de vingt-six pouces, ce qui permettait de tracer de larges andains.

Jean proposa à Michel d'attaquer le premier couloir en bordure du champ, son handicap risquant de le freiner dans la cadence imprimée par son neveu. Celui-ci avança aussitôt, montrant à son oncle qu'il n'avait rien à envier à un faucheur expérimenté. Sa belle-sœur pouvait compter sur son adolescent, costaud, sérieux et travailleur. A seize ans, il avait encore une bonne marge avant le service militaire. A son tour, Jean entama une rangée à son rythme. Pendant deux heures, ils fauchèrent sans parler, accompagnés par le chuintement des lames qui couchaient l'herbe. A la moitié du champ, Jean se releva en s'étirant pour réduire la raideur de son dos et fit signe à son neveu de le rejoindre.

Ils s'assirent en sueur au pied du taillis où ils avaient posé leurs affaires. Le soleil était déjà haut. Jean sortit une bouteille d'eau et le casse-croûte préparé par sa belle-sœur : du pain avec de la saucisse et du fromage.

– A la faucheuse, on aurait terminé, observa Jean.

– Sûr, mais dans la région, les fermes n'ont pas encore ces machines !

– Si on pouvait récupérer ce matériel qu'on a laissé à Bezonvaux. Que va-t-il devenir ? Dans quel état le retrouverons-nous ? C'est ce qui ronge ton grand-père en permanence.

– Oui, on voit qu'il n'est pas dans son assiette !

– Comme tout le monde, ta tante et moi, on voudrait bien que ça se termine, pour que ton père rentre et qu'on reparte à Bezonvaux.

Ils restèrent un moment silencieux, mâchant les dernières bouchées. Puis, Jean poursuivit :

– On finira ce champ aujourd'hui et demain on fauchera l'autre. Il est moins grand. Cet après-midi les femmes étendront l'herbe qui aura déjà séché sous ce beau soleil.

Ils se levèrent et se remirent à la tâche. La pierre fit à nouveau chanter l'acier avant d'abattre pendant deux petites heures le restant des hautes graminées.

En fin de matinée, contents d'en avoir terminé, les faucheurs contemplèrent leur travail, en épongeant la sueur de leur visage. Jean prit la bouteille de vin et tendit un verre à son neveu en disant :

– Cette fois, on peut boire un peu de pinard !

Michel sourit et approuva son oncle d'un signe de tête.

Réconfortés, ils regagnèrent la ferme de Joseph où Juliette avait cuisiné un repas pour les deux familles réunies.

Les faucheurs mangèrent avec appétit. Le grand-père, toujours aussi renfermé, écoutait Marthe qui venait de recevoir une lettre de ses parents, exilés comme eux à proximité de Bar-le-Duc. Ils avaient eu des nouvelles d'Ornes, peu rassurantes. Un mois et demi après leur départ, des habitants avaient été pris en otages par les Allemands qui avaient eu des tués lors d'un accrochage avec les troupes françaises. Un épisode tragique qui incita ceux qui s'entêtaient à rester, à quitter le village. Jean intervint pour dire qu'il était au courant de la répression allemande, rappelant que trois jours plus tard, sa section s'était rendue à Ornes et qu'ils avaient échappé de justesse à l'encerclement ennemi. Marius saisit une fois de plus l'occasion pour exprimer sa satisfaction d'avoir fui à temps le danger et mis la famille à l'abri.

A la fin du repas, Rose les joues rougissantes, fit part à ses parents qu'elle avait été invitée ainsi que Marie, la fille du maire, au repas des conscrits le 14 juillet. Dans la conversation qui suivit, Jean s'informa du nombre de conscrits et de sous-conscrits du village. S'étonnant qu'en période de guerre, les jeunes de vingt ans fussent encore là, Rose répondit que l'un était déjà à l'armée et que les deux autres s'attendaient à être bientôt appelés.

Jean chercha à capter le regard de Marthe qui avait les yeux baissés, s'amusant à ramasser des miettes sur la table pour se donner une contenance.

– Le père de Marie a-t-il donné son autorisation ? questionna Jean.

– Oui. Il paraît que chaque année, les jeunes filles du village sont invitées.

– Sûr, le maire ne peut pas faire autrement !

Marthe, gênée, avait commencé à débarrasser la table avec Juliette.

– Où a lieu ce repas ? questionna Jean.

– Ici, au café en bas du village, répondit Rose.

Essayant d'accrocher encore le regard de sa femme en discussion avec sa belle-sœur, Jean comprit qu'il serait seul à décider. Réfléchissant, tout en jetant un œil vers son père endormi, Jean se dit qu'à l'âge de Rose, il n'était pas le dernier à approcher les filles et qu'il fallait bien que jeunesse se passe.

Jean autorisa sa fille à fêter le 14 juillet avec les conscrits du village. « Qu'ils se distraient ces futurs soldats, ajouta-t-il, il y a tellement de jeunes qui souffrent et qui meurent actuellement sur les champs de bataille ».

Marthe adressa à sa fille un sourire complice.

Il était deux heures de l'après-midi, Jean s'étira et donna le signal. Chapeau de paille sur la tête, fourches et râteaux à la main, les femmes allèrent faner, tandis que Jean et son neveu avaient projeté de butter les pommes de terre.

10

A Saizenay, comme partout en France, les habitants étaient tourmentés par cette guerre dont personne ne voyait une proche issue. Il n'y avait pas une seule famille qui ne fut touchée de près ou de loin par ce conflit meurtrier. Jean et son père étaient attentifs au déroulement des opérations sur une ligne de front qui allait des Flandres à Belfort. Ils constataient malheureusement que d'une tranchée à l'autre, les attaques, les contre-attaques échouaient, causant aux belligérants des pertes humaines considérables.

Un an après le déclenchement des hostilités, les troupes françaises totalisaient plus d'un million d'hommes hors de combat. Dans les deux camps, les commandements considéraient que cette hécatombe était le prix de la victoire. Le général Joffre, baptisé le Père de la Patrie, depuis la Marne, n'avait qu'une idée en tête : « Attaquer, attaquer... », avec ce mot d'ordre qu'il transmettait à ses subordonnés : « Ne laissez à l'ennemi ni trêve, ni repos ».

Profitant des circonstances qui amenèrent les Allemands à dégarnir leur défense à l'ouest au profit du front oriental où les Russes résistaient vaillamment, Joffre lança en septembre la grande opération, qu'il préparait depuis plusieurs mois.

Son plan consistait à fixer l'ennemi en Artois par les troupes anglaises pendant que les troupes françaises attaqueraient en force en Champagne. Cette offensive simultanée mobilisa d'énormes moyens. Pendant que les fantassins s'entraînaient à l'assaut, l'artillerie entra en action deux jours avant l'affrontement, de façon incessante, pilonnant les bivouacs de cantonnement, les bifurcations de voies ferrées, anéantissant la première position de l'ennemi.

Le 24 septembre au matin, alors que le ciel déversait des torrents d'eau, sur toute la largeur de l'immense front, les fantassins jaillirent par vagues successives, surprenant les Allemands, enlevant les boyaux de la première ligne jonchés de cadavres tués par l'impressionnante préparation d'artillerie. Par contre, les points fortifiés que les Allemands avaient construits furent conquis difficilement et coûtèrent beaucoup de pertes aux assaillants français, lesquels étaient attendus fermement sur les deuxièmes positions allemandes. Malgré l'ordre de vaincre « coûte que coûte », les troupes françaises, passablement décimées, ne réussirent pas à l'emporter, si bien que Joffre ordonna l'arrêt des combats.

En Artois, les Britanniques échouèrent également.

Jean avait résumé pour son père la situation des combats, telle qu'elle était relatée dans le journal.

– On n'en sortira pas ! maugréa-t-il en martelant du poing sur la table.

– Et des milliers de morts pour rien ! répliqua son père.

– Joseph et les Pépères ne manqueront pas d'occupation. Il en faut des camps pour loger tous ces prisonniers, observa Jean.

– Ouais ! Moi, ce que je vois, c'est qu'on a droit à un deuxième hiver ici !

Jean haussa les épaules et d'un air résigné soupira profondément. Puis il sortit prendre l'air.

Poussés par le vent, des nuages filaient dans le ciel, mais il ne pleuvait pas. Austère, le mont Poupet trônait sur une campagne ventée. Jean aperçut un paysan, debout sur son chariot, en train d'épandre du fumier à la fourche. A Bezonvaux, il aurait labouré les champs déchaumés, en prévision des semailles d'automne de seigle, de froment et d'avoine d'hiver. Combien de fois il avait songé à ses mirabelliers, à ses pommiers. Son père était tellement content de distiller sa mirabelle !

Mains dans les poches, Jean se rendit auprès de Marthe qui changeait les litières du clapier.

– On a bien fait de rentrer du foin et de la paille. Ce n'est pas encore demain que l'on rentrera chez nous car les nouvelles ne sont pas bonnes. Nos troupes n'arrivent pas à percer, à bousculer ces Boches.

– Sûr, qu'on aimerait mieux être dans nos murs, à Bezonvaux. Comparés à d'autres, jetés sur les routes de l'exil, sans savoir où aller, on a au moins la chance d'avoir une maison et d'être ensemble. Germain travaille et Paul continue l'école pour avoir un métier plus tard.

– Sauf que mon père ne supporte pas cette situation. Il a le mal du pays. La Toussaint est proche. Il m'en parle. On n'y peut rien ! On a tout abandonné, y compris nos morts. Mais ça le mine !

Marthe remit dans leur compartiment nettoyé, les jeunes lapins déplacés.

– Il y a encore une mère qui est pleine. On aura bientôt des petits.

Puis, enchaînant :

– A son âge, alors qu'il aurait pu profiter de jours tranquilles dans son village natal, je comprends la souffrance de ton père, commenta Marthe en étalant une litière propre.

Jean s'assit sur un tronc de bois, face au clapier, regardant sa femme mettre des fourchées de litière souillée dans la brouette.

– D'autres soucis nous attendent avec Rose ! Tu n'as rien remarqué ? demanda Marthe.

Jean répondit négativement d'un hochement de tête.

– Depuis quelque temps, j'avais observé que notre fille était ailleurs, que son comportement changeait et qu'elle participait moins à la vie familiale.

Jean ne voyait pas où sa femme voulait en venir.

– En ce moment, elle n'est pas bien. Juliette l'entend pleurer, le soir, dans sa chambre et m'a confirmé ce que je soupçonnais.

– Ah ! fit Jean.

– Rose est amoureuse ! lâcha Marthe.

– J'aime mieux ça. J'ai eu peur qu'elle soit malade.

Marthe expliqua que cette situation remontait au 14 juillet. Rose avait fait la connaissance d'un conscrit du village qui, au fil de l'après-midi et de quelques danses à la fin du repas, avait jeté son dévolu sur leur fille. Rose ne fut pas indifférente aux avances du jeune homme, car les jours suivants, ils se donnèrent des rendez-vous avec la complicité de Marie.

– Leur liaison semble sérieuse et Rose s'est déjà attachée à lui, compléta Marthe.

– Au fait, tu ne me dis pas qui est ce jeune homme.

– C'est Roger Garnier, le fils du fromager ! répondit Marthe.

– Rose devrait être heureuse.

– Oui, mais ce jeune homme vient de partir à l'armée, faire son service militaire. S'il n'y avait pas cette guerre, Rose ne serait pas angoissée.

– Où est-il parti ?

– A Belfort.

– Ah ! sans doute au 35. Un bon régiment, assura Jean, pensant aussitôt que ce jeune allait subir une instruction et un entraînement accélérés qui n'excéderaient pas deux mois et qu'il rejoindrait ensuite son régiment sur la ligne de front. Il s'abstint d'en parler à sa femme, déjà très ennuyée de voir Rose aussi malheureuse.

– Nous voilà avec un souci de plus, déplora Jean qui saisit les poignées de la brouette, malgré les protestations de Marthe, pour aller la vider sur le tas de fumier, en bordure du potager.

En revenant, Jean rappela à sa femme qu'ils se fréquentaient avant de faire son service militaire et qu'il fallut patienter trois longues années avant de pouvoir se marier.

– Mais à cette époque, ajouta-t-il, nous n'étions pas en guerre et je mesure l'angoissante attente qui risque de peser sur notre fille jusqu'au retour de ce jeune homme.

Après le souper, ce soir-là, Jean était allé porter un lapin à Juliette qui les avait invités ce dimanche à midi. Pendant ce temps, Marthe desservit la table, rangea la cuisine et remit du bois dans le poêle, en espérant retrouver de la braise le lendemain matin. Les jours pluvieux avaient laissé place au froid, à de fortes gelées. A neuf heures, Jean n'étant pas de retour, Marthe monta se coucher.

Lorsqu'il rejoignit sa femme, allongée sous la couverture, Jean lui dit :

– Je suis resté un peu auprès de notre belle-sœur. Elle est dans tous ses états. Elle est très inquiète parce que la dernière lettre de Joseph remonte à une quinzaine de jours, alors qu'elle en recevait au moins une par semaine.

– Oui, elle m'en a fait part. Je l'ai sentie anxieuse.

Dans l'obscurité, Jean se dirigea prudemment vers le lit où il s'assit avant de s'enfoncer dans les draps frais.

– Je me suis gardé de parler de la bataille qui venait d'avoir lieu en Champagne, là où était le régiment de mon frère. J'ai surtout essayé de lui remonter le moral en lui disant que s'il était arrivé quelque chose de grave à Joseph, elle aurait été prévenue officiellement par le maire. De même que s'il avait été blessé, il lui aurait fait envoyer un message.

Marthe écoutait, silencieuse, puis demanda à Jean ce qu'il en pensait réellement.

– Je ne sais pas quoi te répondre. Joseph était comme moi, affecté à un régiment de territoriaux. Ces unités n'étaient pas destinées à être au front, en première ligne. Sa dernière lettre semblait le confirmer.

– N'empêche que tu as été blessé, répliqua Marthe.

– Oui, parce que j'ai suivi le député Maginot qui souhaitait des gens du coin pour mener une guerre à part, une guerre de patrouilles. C'était pas sans risques. La preuve, la blessure à ma jambe. Tu sais, j'y pense souvent… Si je n'avais pas été dans cette section d'élite, je serais encore là-bas, pour longtemps peut-être… C'était écrit, Marthe.

– J'aime mieux te sentir auprès de moi, fit-elle en se rapprochant de Jean.

– Pour en revenir à mon frère, s'ils ont été coincés par les Boches, comme on a failli l'être à Ornes, dans ton village, on ne le saura pas avant des semaines, avant de recevoir une lettre d'Allemagne.

– Mon Dieu ! La pauvre Juliette n'a pas fini de se morfondre.

– Je lui ai demandé de ne pas alarmer mon père. Il est suffisamment dans la peine, sans en rajouter inutilement.

– Tu as raison ! dit Marthe, en se blottissant contre son homme, qui l'attira tendrement contre lui.

Marthe mesurait au plus haut point la chance qu'elle avait d'être dans les bras de son bien-aimé. Leurs corps s'unirent passionnément dans un tourbillon de plaisir puis, serrés l'un contre l'autre, ils s'endormirent, heureux, jusqu'à l'aube d'un nouveau matin.

Marthe et sa fille parlaient de choses et d'autres, tout en préparant le repas de midi. Rose était plus gaie depuis qu'elle avait reçu une lettre de son ami. Marthe constatait chaque jour que la santé de son beau-père se dégradait. Il n'avait plus l'allant qu'elle lui connaissait quand ils étaient à Bezonvaux. Rien ne l'attirait. Il ressassait dans sa tête les souvenirs heureux et malheureux qu'il avait vécus dans son domaine, dans son village natal. C'était là sa vie. C'était là qu'il devait la finir et nulle part ailleurs. Marthe et la famille appréhendaient la fête de la Toussaint, dans une dizaine de jours, que le grand-père pourrait ressentir encore plus douloureusement, si Joseph n'avait toujours pas donné de ses nouvelles.

Marthe sursauta lorsque la porte s'ouvrit brusquement. Juliette entra agitée, en pleurs et se jeta dans les bras de sa belle-sœur. Marthe envisagea le pire tellement la réaction nerveuse de Juliette l'impressionna.

– Joseph est vivant ! réussit-elle à hoqueter.

– C'est une bonne nouvelle qui va réjouir tout le monde. Rose, cours à la remise, prévenir ton papa !

Juliette s'affala sur une chaise, soutenue par sa belle-sœur qui s'efforçait de la calmer. Jean apparut, suivi de son père, en appui sur une canne. Ils s'assirent en face de Juliette et Jean détendu, souriant, lança à sa belle-sœur :

– Alors, tu es contente ?

Juliette tendit à Jean l'enveloppe d'une main tremblante. Il en sortit un papier quadrillé écrit au crayon et commença la lecture :

Chers Juliette, enfants et toute la famille,

Mon voisin à l'hôpital de Soissons, amputé d'une jambe, a bien voulu écrire ce mot à ma place. J'ai le visage entièrement bandé. Je faisais partie de l'équipe qui était en train d'approvisionner les tranchées lorsque l'artillerie boche a commencé à nous bombarder. Proche de moi, une explosion suivie d'un éclair éblouissant et d'un choc à la face, qui m'a projeté à terre. Je ne voyais plus rien.

Juliette enfouit son visage dans ses mains et hurla à nouveau sa douleur, maudissant cette guerre qui causait tant de malheurs.

Jean s'arrêta quelques instants, puis lut les dernières lignes :

La sœur-infirmière m'a dit que je pourrais rentrer à la maison dans quelques semaines. Je vous tiendrai au courant.

Je vous embrasse tous très fort, en attendant de le faire bientôt.

Joseph

Il y eut un long silence, troublé par les sanglots de Juliette. Tous étaient bouleversés par ce qu'ils avaient entendu et personne n'avait envie de parler. Jean jeta un œil vers son père qui regardait droit devant lui, les mains en appui sur sa canne.

Pas plus à l'aise, Jean décida de se lancer et dit :

– J'ai relu. Il ne semble pas que Joseph ait été touché par des éclats ce qui aurait pu provoquer de plus graves blessures à la tête. Il est dans un hôpital. Il sera bien soigné. Il est en vie, c'est l'essentiel et je pense, que, pour lui aussi, la guerre est terminée.

Jean organisa la suite en invitant Juliette à prendre le repas avec eux et demanda à Rose d'aller chercher Michel.

– J'espère qu'à Noël, nous serons enfin tous réunis, à défaut de l'être à Bezonvaux, dit Marius, la voix brisée par l'émotion.

11

Ce vendredi 10 décembre, Jean et sa belle-sœur attendaient dans le hall de la gare de Besançon, l'arrivée du convoi-sanitaire annoncé pour onze heures. Juliette avait été prévenue par télégramme que son mari serait dans ce train. Jean avait emprunté à un habitant du village une voiture légère, à capote mobile, qui protégeait du froid et de la pluie. Par précaution, ils avaient pris des couvertures et étaient chaudement vêtus. Le début du mois de décembre avait certes été exceptionnellement clément, malgré quelques averses. Jean avait même relevé des températures élevées mais le journal prévoyait un rafraîchissement pour leur déplacement à Besançon. Lorsqu'ils démarrèrent très tôt de Saizenay, le temps était brumeux, sans être froid, jusqu'au milieu de la matinée où le soleil fit son apparition.

Pelotonnée dans son manteau, un châle sur la tête, Juliette ne parvenait pas à maîtriser les tremblements qui l'agitaient. Elle se posait beaucoup de questions, sachant que, désormais, leur vie ne serait plus comme avant. Elle se représentait aussi l'instant redoutable où elle serait face à un homme, peut-être défiguré, méconnaissable.

Autour d'eux, des mères, des fiancées, des épouses étaient dans la même situation. Il y eut des mouvements de mécontentement lorsque le chef de gare annonça un retard d'une demi-heure. Jean entraîna sa belle-sœur vers une salle d'attente, au milieu de laquelle un gros poêle diffusait un peu de chaleur. Il sentait sa belle-sœur tendue et chercha à la distraire en lui parlant de choses et d'autres. Des gens trompaient leur impatience en faisant les cent pas. La plupart consultaient machinalement leur montre. Enfin, un coup de sifflet strident retentit. Tout le monde se précipita et une bousculade se produisit aux portes donnant accès aux quais.

Le cœur de Juliette se mit à cogner très fort quand le train stoppa dans un couinement de freins, à faire mal aux oreilles.

Juliette suivit son beau-frère tout aussi ému. Sans prêter attention aux cris, aux pleurs, aux scènes déchirantes, Jean guettait attentivement les Poilus unijambistes, bras en écharpe, têtes bandées, qui descendaient prudemment les marches : Joseph n'était pas parmi eux. Reportant son regard vers un autre wagon, Jean crut apercevoir la silhouette de son frère entre deux militaires.

– Juliette, là-bas ! C'est lui ! fit-il, en allongeant le pas.

A quelques mètres, malgré le masque blanc qui couvrait une partie du visage, semblable à celui que portaient les enfants à Carnaval, Jean reconnut son frère.

– Joseph ! C'est moi, Jean !

– Ta voix n'a pas changé, remarqua-t-il en s'embrassant.

A son tour, Juliette tomba dans les bras de son homme. Jean profita de l'étreinte des retrouvailles pour remercier et libérer les deux camarades qui avaient aidé son frère.

Chacun d'un côté, Jean et Juliette saisirent le bras de Joseph, puis gagnèrent la sortie de la gare. Un pâle soleil redonnait un peu de gaieté à une place où les prémices de l'hiver avaient dépouillé les arbres de leur feuillage.

Jean proposa à sa belle-sœur de conduire son mari au café-brasserie où il les rejoindrait avec le casse-croûte après avoir soigné Câlin.

Joseph commanda une bière. Il avait très soif après un voyage si long et si fatigant. Assise en face de son mari, caressant ses mains posées sur la table, Juliette examinait avec une grande tristesse son visage, marqué par les brûlures et le regard vide de ses yeux inertes.

– Pendant mon service militaire, je suis venu dans ce café. Je revois bien les lieux ! observa-t-il.

– Il y a beaucoup de monde. Ce n'est pas trop bruyant ? questionna Juliette.

– C'est l'heure de prendre son petit blanc. C'est agréable de revivre dans l'ambiance d'une vie normale. Tu sais, je suis tellement content d'être là, de ne plus entendre le bruit des bombardements, de la mitraille.

– Oui, tout cela est fini ! chuchota-t-elle.

– Et les enfants ? s'inquiéta-t-il, au moment où Jean se présenta avec le panier de victuailles.

Juliette déballa aussitôt le pain enveloppé dans une serviette, la saucisse et le fromage.

– Que ça sent bon ! s'exclama Joseph, à qui Juliette mit en main un morceau de pain et de la saucisse.

Jean versa dans les verres le vin rouge de la bouteille qu'il avait achetée au bar. Guidant le main de son frère vers le verre, Jean leva le sien et dit :

– A notre santé, petit frère !

– A la nôtre, et à la fin de cette maudite guerre !

– De toute façon, pour nous, le cauchemar est terminé ! On ne remettra plus l'uniforme.

Jean évita de revenir sur les circonstances qui avaient provoqué la perte de ses yeux, de même qu'il n'orienta pas la conversation sur les actions de combat auxquelles ils avaient participé durant leur court séjour à l'armée. Les deux frères soulignèrent les difficultés présentes de l'agriculture où, l'absence des hommes dans les grandes et petites exploitations, la réduction des surfaces cultivées, en raison des zones occupées, la pénurie des moyens de transport, avaient en effet, contraint le Ministère à avoir recours à l'importation pour nourrir le Pays en guerre.

– Ce qui nous sauve, intervint Juliette, c'est le lait, la volaille, les œufs, les légumes et les fruits.

– En tout cas, je suis content que Maurice poursuive des études et fasse un autre métier. Si Michel, après son service militaire, veut faire autre chose, je ne m'y opposerai pas.

– Je suis de ton avis Joseph. Si la guerre s'étend à Bezonvaux, dans quel état reverrons-nous la ferme, les terres ? J'ai peur que nous n'ayons plus rien à offrir à nos enfants. Dans ces conditions, je suis partisan de les pousser vers un autre métier que celui de paysan.

– Enfin, on verra… ! Oh ! qu'il est bon ce pinard. Il n'a rien de comparable à celui qu'on avait à l'armée. Redonne m'en donc, il passe bien avec le comté, fit Joseph.

Les deux frères étaient heureux d'être ensemble. Ils avaient tellement à se raconter qu'ils ne voyaient pas l'heure avancer. Juliette désservit la table, et, lasse de cet endroit enfumé, elle montra à son beau-frère la pendule qui marquait une heure et demie. Jean vida son verre et donna le signal du départ.

Juliette s'arrêta à une pharmacie où elle acheta les pansements et la pommade que la sœur-infirmière avait recommandés. A la sortie de Besançon, le soleil qui avait pourtant percé en fin de matinée, était à nouveau contrarié par un voile brumeux. Les hommes relancèrent la conversation, regrettant les échecs des offensives en Artois, en Champagne, n'ayant d'autres résultats que des pertes humaines considérables. « Aux portes de l'hiver, avança Jean, il est certain que l'on s'achemine vers une troisième année de guerre. C'est ce qui mine notre père, lui qui comptait s'exiler pour quelques mois seulement. »

Juliette et Joseph s'étaient calés l'un contre l'autre sur la banquette arrière, une couverture sur les genoux. La tête de Joseph bascula soudain contre l'épaule de Juliette et il sombra dans un profond sommeil. Il se réveilla dans la montée, à quelques kilomètres de Saizenay. Il s'étira longuement, songeant que, quinze mois plus tôt, il faisait le trajet inverse, sous la chaleur accablante d'un soleil qui inondait des champs dorés en pleine moisson. Comme tous les rappelés, il était enthousiaste, persuadé qu'il rentrerait bientôt à la maison. C'était sous-estimer la détermination de l'Allemagne, sa puissance en hommes et en armement. Joseph n'imaginait pas qu'il serait témoin de tant d'horreurs, de camarades affreusement mutilés et, lui-même, victime de cette guerre désastreuse. Désormais, il devra s'habituer patiemment et courageusement à vivre, comme avant, avec des yeux qui ne distingueront plus le jour de la nuit, ne reconnaîtront plus les visages, ne profiteront plus du changement des saisons.

– Nous arrivons avec la nuit, annonça Jean.

– On est dans la mauvaise saison. Les jours sont maintenant plus courts, répliqua Joseph.

Jean arrêta la voiture devant la ferme de son frère. Juliette en descendit. Elle tenait à rejoindre au plus vite son fils qui devait être en train de traire. En compagnie de Joseph, Jean continua jusqu'à sa maison où Marthe les accueillit, les bras chargés de bois.

– Depuis le temps que votre père vous attend ! Il n'a pas bougé de son fauteuil, les yeux constamment fixés sur l'horloge, commenta Marthe.

Joseph redoutait cet instant où il serait devant son père. Son cœur se mit à cogner lorsque son frère le tenant par le bras, l'aida à rentrer lentement dans la cuisine.

– Nous voilà ! s'exclama Jean.

Marius se leva péniblement de son fauteuil et il étreignit longuement Joseph en sanglotant. L'émotion était à son comble. Marthe et Rose étaient tellement bouleversées qu'elle fondirent en larmes.

Essuyant ses yeux avec son mouchoir, Marius saisit Joseph par les épaules et, le secouant affectueusement, il dit :

– On est contents de te revoir.

– Oui, la guerre est finie pour moi, papa, comme pour mon frère.

– Mais à quel prix ! se désola Marius.

– Ça aurait pu être pire. Autour de moi, à l'hôpital, il y avait des camarades beaucoup plus atteints dans leur chair. Je les ai entendus hurler. C'était affreux, rapporta Joseph.

– Dans ton état, sans rien voir, tu ne pourras pas reprendre ton travail à la ferme, s'inquiéta son père.

– A la maison, j'ai mes repères. A l'extérieur, ce ne sera pas facile de me guider avec une canne. A l'hôpital, les infirmières m'apprenaient à circuler. Avec le temps, ça devrait aller !

– On t'aidera, renchérit Jean.

Joseph raconta qu'un aveugle, qui s'appelait Braille, avait imaginé un alphabet en points saillants, permettant de lire des textes, de la musique et des chiffres.

– Il a même inventé une machine à écrire. Grâce à lui, les aveugles qui le désirent, peuvent vivre normalement, ajouta-t-il.

– Je vois que tu as le moral, mon fils !

– Je suis surtout heureux d'être ici, parmi vous, bien vivant !

Rose raccompagna son oncle chez lui. Joseph souhaitait faire un peu de toilette et quitter définitivement la tenue militaire, avant de répondre à l'invitation de Marthe qui avait préparé un souper à l'attention des deux familles Moser réunies.

A la veille de l'hiver, le froid reprit le dessus. Les gelées matinales blanchissaient les toits et les champs. Chaque après-midi, Jean partait en balade avec Joseph accroché à son bras et s'appuyant sur sa canne. Boby les accompagnait. Ils empruntèrent pendant plusieurs jours le même itinéraire afin de permettre à Joseph de bien mémoriser les obstacles, les distances d'un croisement à l'autre. Ils faisaient une pause à la fontaine, au bout du village. Là, ils abordaient leur court passé militaire, ressassaient les faits amusants ou dramatiques vécus dans leur unité qu'ils n'étalaient pas devant femmes et enfants. Jean tenait au courant son frère de l'évolution des opérations relatées dans le journal et ils échangeaient leur avis.

– C'est dommage que les dernières offensives en Artois et en Champagne où tu étais, n'aient pas eu les résultats escomptés, regretta Jean.

– Et pourtant, les chefs avaient mis les moyens, en hommes et en armement. Les « biffins » disposaient de mitrailleuses et pour la première fois de grenades à main et à fusil.

– N'empêche que l'effet de surprise passé, les Boches ont tenu. Le commandement a bien fait d'arrêter le massacre de vies humaines et de reprendre une attitude défensive.

– Avec l'hiver qui va endurcir la vie dans les boyaux, il n'y a pas d'autre solution pour le moment.

Jean poursuivit, en rappelant que la France et ses alliés avaient débarqué en Grèce, à Salonique afin d'apporter leur soutien à l'armée serbe dont le Pays avait été envahi par les troupes austro-allemandes et bulgares.

– J'ai lu qu'au début de ce mois, les Français et les Alliés n'ayant pu progresser, s'étaient repliés sur Salonique dans des conditions climatiques épouvantables. La température était tellement basse – jusqu'à moins 23° C – que beaucoup de camarades ont eu les pieds gelés et sont morts de froid.

– Des expéditions qui coûtent cher, déplora Joseph.

Dans la rue déserte, Jean reconnut Rose qui se dirigeait vers eux en courant. Elle arriva essoufflée et son père lui demanda, inquiet :

– Qu'y a-t-il, Rose ?

– Le grand-père a perdu connaissance, répondit-elle haletante.

Rose prit l'autre bras de son oncle et ils se hâtèrent de rentrer.

Ils trouvèrent Marthe et Juliette auprès de leur beau-père, assis dans son fauteuil, la tête affaissée sur la poitrine. Jean prit aussitôt le poignet de son père et ne perçut aucun battement. Il s'en assura avant de faire un signe désespéré de la tête à son entourage et de murmurer d'un air catastrophé à Joseph que leur père avait cessé de vivre.

Les fils le transportèrent sur son lit. Jean, assisté de sa femme, préparèrent le défunt en lui mettant son habit du dimanche. Juliette avait placé au pied du lit un guéridon sur lequel elle posa une soucoupe avec de l'eau bénite et un brin de buis qu'elle avait décroché du crucifix fixé à un mur du poêle. Les rares meubles furent rassemblés au fond de la pièce et remplacés par des chaises, destinées à accueillir les habitants du village aux veillées. Après avoir allumé une lampe, Marthe ferma les volets.

Il était presque six heures du soir. A la cuisine, Jean proposa à Marthe de servir un café et d'en préparer une grosse casserole pour les voisins et les personnes qui viendraient présenter leurs condoléances. Les visages étaient sombres. Les femmes essuyaient leurs yeux chargés de larmes. En bout de table, Rose sanglotait. Jean récapitula les démarches et les formalités qu'il faudrait accomplir. Dans l'immédiat, il se chargerait de prévenir le maire et le curé. Ensuite, dès que serait connu le jour des obsèques, il irait voir le chef d'établissement qui, à la veille de courtes vacances de Noël, devrait délivrer une autorisation de sortie à Paul.

Il fut convenu que l'office religieux aurait lieu le jeudi matin 23 décembre et qu'un emplacement provisoire serait réservé au cimetière, en attendant la possibilité d'un transfert à Bezonvaux, selon le souhait du défunt.

A la sonnerie du glas, la petite église était pleine. Au fond, beaucoup d'hommes étaient debout. Presque tous les habitants du village étaient venus témoigner leur sympathie à une famille dont le patriarche, Marius Moser, n'avait pas résisté aux dures épreuves de l'exil, au retour de la guerre de ses fils mutilés, invalides pour le restant de leur vie.

Le ciel était gris. Quelques paillettes de neige virevoletaient. Autant figés par le froid que par l'émotion, les habitants rendirent au cimetière un dernier hommage à cette « victime de la guerre », apportant un précieux réconfort aux familles.

A l'issue de la cérémonie, le bruit courut que le gendre du maire, cultivateur à Saint-Thiébaud, avait été blessé.

– Aucune famille ne sera donc épargnée. Un triste Noël ! déplora Jean en serrant Paul et Germain contre lui.

12

Janvier 1916 avait été relativement doux et ensoleillé au point qu'à la fin du mois, rapporta le journal, les abricotiers fleurirent à Nantes. La campagne retrouva une activité printanière. Dans les champs, des paysans réparaient des clôtures, nettoyaient des drainages, transportaient le fumier avant de labourer et de risquer des semailles précoces. Dans la forêt, résonnaient le chuintement des scies passe-partout, les coups de haches portés aux troncs de sapins et de feuillus. Les bûcherons furent imités par des habitants du village. Jean et Michel, son neveu, en firent partie, abattant les arbres de leurs lots d'affouage, attribués par la Commune.

Par contre, à l'aube d'une troisième année de guerre, le moral des Français n'était pas au beau fixe. Ils ne croyaient plus à l'issue prochaine d'une guerre qui s'enlisait. Dans les villes, les villages, les familles vivaient dans l'anxiété, la peur de voir à leur porte, le représentant de l'autorité municipale, porteur du redoutable télégramme.

Le commandement des belligérants cherchait à sortir de l'impasse dans laquelle s'engluait le front qui s'étendait de l'Yser aux Vosges. La conquête des territoires convoités à l'Est, permettait aux Allemands de se tourner vers les combats de la zone orientale où les troupes françaises offraient une résistance héroïque. Les autorités allemandes décidèrent donc d'en finir et de porter un coup décisif avant l'arrivée de renforts britanniques.

Pendant le mois de janvier, les Allemands attaquèrent successivement en Champagne, dans les Flandres où ils tentèrent de franchir le canal de l'Yser, en Artois et dans la Somme. Ces opérations n'étaient en réalité qu'une manœuvre de diversion. En effet, par des recoupements d'interrogatoires de prisonniers, l'Etat-Major français avait acquis la certitude que l'ennemi préparait une très grande offensive, sans savoir où il la déclencherait.

De son côté, le général Joffre voulait aussi reprendre une guerre de mouvement et porter un coup décisif à l'ennemi. Pour ce faire, il décida de dégarnir le secteur apparemment calme de Verdun, en ne laissant sur place, qu'environ trois cents pièces d'artillerie et le strict nécessaire en unités combattantes, malgré les protestations des responsables, chargés de la défense de la zone fortifiée.

Le temps clément cessa mi-février et la pluie fit son apparition. Ce samedi après-midi, Jean rendit visite à son frère pendant que Marthe plumait un poulet.

– J'ai choisi le meilleur moment. Ça tombe bien ! pesta Jean, en secouant sa casquette avant de pénétrer dans la cuisine.

Juliette posa la veste de son beau-frère sur le dossier d'une chaise auprès du fourneau.

– On a eu des jours exceptionnels mais l'hiver est toujours là ! répondit Joseph.

– Je suis content qu'on ait pu faire quelques stères. Nos jeunes gaillards ont bien travaillé, observa Jean.

– Nous aussi, on aimait aller couper du bois avec le père, à la morte saison. On partait pour la journée, le casse-croûte dans la musette. On rentrait éreintés ! rappela Joseph d'un air nostalgique.

– Eh oui ! soupira Jean, qui enchaîna en déclarant que Rose avait reçu une lettre de son ami.

– Tant mieux ! Elle sera moins triste, se réjouit Juliette.

– Devinez où il est ?

Juliette et Joseph attendirent la suite que Jean s'empressa de donner :

– Son régiment a la charge d'un secteur entre Etain et Bezonvaux. Notre village, qui est complètement abandonné, est occupé par une autre unité. Et je sais par qui ! J'ai reçu enfin des nouvelles de mon copain Meyer qui faisait partie de la section Maginot. Les « Pépères » du 44 auxquels j'appartenais sont à Fleury, en soutien du 44e R.I. qui tient la ligne entre Damloup et Bezonvaux.

– Bezonvaux est bien défendu avec tout ce monde, répliqua Joseph.

– Le camarade Meyer, dit que Bezonvaux n'est plus comme il l'a connu au début de la guerre. C'est la désolation ! Autour du village, les champs sont sillonnés de tranchées.

– Mon Dieu ! Si votre papa entendait ça ! dit Juliette en quittant les hommes pour aller traire et soigner les animaux.

Jean communiqua à son frère les informations dont il avait eu connaissance et ils échangèrent leur point de vue sur cette « guerre d'usure », qui devenait de plus en plus catastrophique en pertes humaines.

– Attaquer, toujours attaquer… C'est bien beau ! Pour s'empêtrer dans les barbelés des Boches, s'exposer à leur gaz, se faire pilonner par leur artillerie et pour quels résultats ? lança Joseph d'un ton irrité, en s'agitant sur sa chaise.

– Sûr, on n'en voit pas le bout ! En déclenchant une offensive, le commandement pense que ce sera la bonne, que les Boches n'y résisteront pas. Et patatras, encore un coup pour rien ! Ceux qui ont eu la chance d'en réchapper, attendront nerveusement dans les tranchées l'heure du prochain assaut, commenta Jean.

– Quel enfer ! murmura Joseph qui se mit debout, tâtonnant avec sa canne.

Jean le surveilla, au cas où il faudrait le guider et, se levant à son tour, il dit :

– J'ai rencontré le maire ce matin.

– Ah ! comment va son gendre ?

– Il a déjà été renvoyé dans son régiment.

– Evidemment avec cette boucherie, il faut remplacer tous ceux qui tombent, lâcha Joseph d'une voix sourde où perçait une grande irritation.

– Il n'a pas eu, comme nous, la blessure qui nous renvoyait définitivement dans nos foyers.

Joseph émit un bougonnement, puis se décida à parler :

– Pour moi, Jean, la vie ne vaut plus grand chose. Je ne sers plus à rien. C'est comme si j'étais mort. Oui, j'ai été épargné ! Je suis en vie. Mais à quoi bon ! C'est dur à supporter Jean.

– Je comprends, mais pense à ta femme, à tes enfants. Ils sont heureux que tu sois là !

Joseph ouvrit la porte. Dehors, la pluie avait cessé. Le ciel était aussi sombre que la nuit qui s'installait.

– Je vais faire un tour à l'étable.

– Veux-tu que je t'accompagne ?

– Non. J'ai l'habitude. C'est ma promenade du soir. A demain.

Les frères se séparèrent. Jean confia à Marthe son inquiétude au sujet de Joseph qui lui était apparu désabusé et le moral au plus mal.

Profitant d'un temps redevenu plus sec, ce lundi 21 février, l'artillerie allemande forte de plus de trois mille tubes, bombardait de façon intensive les lignes françaises ainsi qu'à l'arrière des villages, les forts de Vaux et de Douaumont, écrasés sous des tirs de gros calibre. La ville de Verdun était également touchée.

En milieu d'après-midi, le pilonnage continuait par des tirs de barrages en arrière de la première ligne de défense, en même temps que l'infanterie allemande donnait l'assaut, espérant anéantir rapidement les quelques Français épargnés par l'ouragan d'acier incessant, déclenché par son artillerie.

Dans leurs tranchées endommagées où s'enchevêtraient des arbres abattus, les survivants attendaient l'ennemi, prêts à venger leurs camarades tués autour d'eux. Ils réussirent à arrêter les assauts successifs des Allemands qui n'arrivèrent pas à la tombée de la nuit à atteindre la Côte du Poivre, les forts de Douaumont et de Vaux, les objectifs qu'ils s'étaient fixés.

Le lendemain, un épais tapis blanc recouvrait la campagne, rendant encore plus difficiles les velléités offensives. L'artillerie allemande reprit avec autant de puissance que la veille, en soutien de ses assaillants qui avançaient péniblement dans un terrain boueux, ne gagnant que trois kilomètres. La résistance des troupes françaises était héroïque, d'autant que les combats se déroulaient en rase campagne, dans des trous de protection creusés à la hâte, avec des outils individuels légers. Des villages étaient en flammes, d'autres détruits par les obus.

Les Français tenaient à un contre trois sous une pluie continuelle d'obus. Les vagues d'assauts allemandes butaient sur une défense intraitable. Cependant, au soir du 23 juin, submergés par le nombre, les combattants français, exténués par trois jours de lutte inégale, durent céder la première position sur tout le front de l'offensive allemande.

Jean ouvrit brusquement la porte de la cuisine, tapant énergiquement ses pieds sur le seuil pour en éliminer la neige, puis s'installa rapidement à table où il déploya le journal, prêté par le maire.

– Cette fois, Marthe, nous sommes en plein dedans ! s'eclama-t-il, surexcité.

– Que veux-tu dire ? s'alarma Marthe.

– Les Boches sont chez nous. Lundi ils ont déclenché une grande offensive en ayant pour cible Verdun et ses forts. Répartie sur une base de douze kilomètres, leur artillerie n'arrête pas d'envoyer des obus, aussi bien sur nos lignes de défense que sur les villages.

– Mon Dieu ! fit Marthe, en s'asseyant en face de son mari. Je suis abasourdie, ajouta-t-elle.

– J'espérais toujours que les Boches n'envahiraient pas notre région et voilà qu'on parle de villages massacrés, comme Dieppe, Haumont, Samogneux… et d'autres peut-être.

Jean et Marthe restèrent silencieux. L'un et l'autre pensaient à leurs villages, Ornes et Bezonvaux, imaginant le pire.

Joignant ses mains, les traits décomposés de son visage par cette nouvelle effroyable, Marthe dit d'une voix étouffée :

– Je pense à nos parents, à ton père.

– Oui, répondit Jean en hochant de la tête. Je me demande, comment à son âge, il aurait supporté le massacre de sa région, ses terres retournées par l'artillerie allemande.

Jean continua à parcourir le journal. Revenant à la page où étaient relatées les opérations en cours, il fut attiré par un encadré intitulé : « Carnaval en première ligne ». L'article l'amusa et il le lut à sa femme pour la détendre.

« Dimanche dernier, pendant leur temps de repos, les diables bleus ont fêté le Carnaval. Un groupe de Niçois du 27e B.C.P., en cantonnement dans le secteur de Verdun, où les combats font rage, a construit un char de Carnaval baptisé "Blockhaus". Fanfare en tête, ces joyeux chasseurs ont défilé et organisé des réjouissances : courses de mulets, courses en sac, mât de cocagne… à 200 mètres des lignes allemandes » !

– Nos troupes semblent avoir le moral. Heureusement, il faut bien ça pour tenir face au surnombre et au surarmement. Je me demande quand même comment les camarades ont pu s'en sortir sous un tel déluge d'obus ! commenta Jean au moment où Rose entra, emmitouflée dans un gros manteau.

Troublée par les mines graves de ses parents, son père l'informa aussitôt du déclenchement par les Allemands, d'une violente bataille qui s'étendait maintenant à la région de Bezonvaux.

– Notre village est occupé ? s'inquiéta Rose.

– Ni Ornes, ni Bezonvaux ne sont cités dans le journal.

– J'espère que Roger m'écrira et qu'il me donnera des précisions sur ce qui s'est passé, puisqu'il était dans cette zone, dit Rose d'une voix qui trahissait sa profonde anxiété.

– Cet après-midi, j'irai voir Joseph. Une occasion de lui démontrer qu'il y a plus malheureux que nous. Que ces camarades, pilonnés dans leurs tranchées, souhaiteraient – ô combien – être à notre place, dans leur foyer, auprès de ceux qui leur sont chers.

– Oncle Joseph, n'est plus dans un état normal. Il y a des jours, me dit tante Juliette, qu'il n'admet plus sa cécité. Alors, il devient furieux et se tape la tête contre les murs.

– C'est tragique, déplora Jean. A nous de l'entourer, en espérant qu'avec le temps, il surmontera cette dure épreuve.

Les jours suivants, une ambiance morose régnait chez les Moser, marqués par les combats qui se déroulaient dans leur région. Jean rongeait son frein, retournant sans cesse dans sa tête que Bezonvaux était peut-être sous la coupe des Allemands. Ses mâchoires se raidissaient en se représentant des Boches attablés chez lui, en train de boire en vainqueurs, ses bouteilles de vin et de mirabelle. Il avait lu que Samogneux et Ornes étaient aux mains des Allemands ainsi que le fort de Douaumont, important observatoire de la rive droite, culminant à trois cent quatre-vingt dix mètres. Le journal relatait que l'ennemi s'était emparé du fort par ruse en utilisant des chéchias de zouaves à la place des casques à pointe. Jean ressassait que si les Boches étaient à Ornes et à Douaumont, ils s'étaient forcément rendus maîtres de Bezonvaux.

Marthe, aussi tourmentée que son mari, se faisait du mauvais sang. Elle aurait voulu savoir, avoir des détails et d'un autre côté, elle se disait que si elle apprenait la disparition de tout ce qui la rattachait à sa terre natale, elle serait peut-être encore plus malheureuse. Des cauchemars hantaient ses nuits. Marthe venait de recevoir une lettre de Justine qui décrivait le profond désarroi dans lequel vivaient leurs parents depuis qu'ils avaient eu connaissance du bombardement et de l'occupation de leur village. Ils étaient persuadés que leur maison avait été détruite.

A la sortie de la messe dominicale, Jean essaya de quêter du nouveau auprès du maire et des rares habitants restés devant l'église, malgré le froid glacial. Il repartit déçu, sans avoir glané une quelconque information car les familles, avec qui il avait échangé, n'avaient pas leur soldat dans la région de Verdun.

Les chutes de neige ravirent les enfants qui s'en donnèrent à cœur joie à la sortie de l'école jusqu'à la tombée de la nuit. Aux premiers jours de mars, les fortes gelées atteignant – 10° C, rendirent les routes verglacées et dangereuses. Les habitants se calfeutraient au chaud, près des poêles qui étaient poussés en permanence pour tempérer les pièces de la maison.

Jean sortait de la remise, chargé d'une brassée de bois lorsqu'il vit le facteur se rattraper de justesse, après avoir dérapé sur une plaque de verglas.

– Vous avez failli y aller, facteur !

– C'est comme ça depuis ce matin ! répondit-il en reniflant et en essuyant son nez d'un revers de main.

– On a été gâtés en janvier, mais, cette fois, l'hiver prend sa revanche. Entrez donc, vous réchauffer un peu.

Le facteur hésita, n'ayant pas tout à fait terminé sa tournée. Comme midi sonnait au clocher, il se dit qu'à cette heure, un petit verre ouvrirait l'appétit.

Jean avait reconnu l'écriture de son copain Meyer. Il posa l'enveloppe sur la table, puis sortit une bouteille de blanc et deux verres.

– Il paraît qu'à Mouthe, il a fait – 22° C. C'est toujours très froid là-haut ! commenta le facteur.

– En effet ! Tu entends Marthe ? dit-il à sa femme occupée à ses marmites sur le fourneau.

Jean leva son verre et trinqua à des jours meilleurs.

– Ça bagarre dans votre région ! dit le facteur, le visage grave.

– Heureusement que nous l'avons quittée ! Dans quel état la reverrons-nous ?

Compatissant et ne sachant que répondre, le facteur eut cette réflexion :

– Au moins, ici, vous êtes en sécurité.

Le facteur vida rapidement son verre et prit congé des Moser en leur souhaitant bon appétit.

Jean s'assit et ouvrit la longue lettre de son copain patrouilleur. Il lut à haute voix pour Marthe et Rose qui mettaient le couvert.

Mon vieux Pépère,

J'ai tardé à répondre à ta lettre. Tu as dû penser que j'étais mort. J'ai la chance d'être encore vivant. Dieu merci ! Quelle hécatombe. Des camarades de la section Maginot ont été tués. C'était effrayant, ces obus qui éclataient à feu roulant.

Le nouveau patron, le général Pétain, a rameuté tous les territoriaux du secteur, avec des civils, pour entretenir l'axe Bar-le-Duc - Verdun. Nuit et jour, on remet des graviers sur la chaussée damée par 1 700 camions qui circulent chaque jour dans les deux sens pour assurer la relève des troupes engagées, réapprovisionner en vivres, en munitions et évacuer les blessés. Parmi eux, j'ai pu discuter avec des biffins du 3e Bataillon du 44e R.I. qui défendaient ton village. Ils m'ont dit que l'attaque allemande avait été violente. Les obus pleuvaient, les mitrailleuses crachaient. Ils ont dû lâcher et se replier à la tombée de la nuit, en laissant beaucoup de copains tués. C'était le 25 février.

Le lendemain, les Boches attaquaient et s'emparaient de l'ouvrage d'intervalle, proche de Bezonvaux. Heureusement, notre artillerie réagissait et détruisait le matériel de l'ennemi dans Bezonvaux et, hélas, endommageait des maisons. Mon cher Moser, je suis désolé de te donner d'aussi mauvaises nouvelles sur ton village où, avec Maginot, on a passé de bons moments, après avoir chassé le Boche. J'ai encore le goût de ta mirabelle !

– Oui, c'est pas réjouissant, ce qu'il nous raconte. Ces pilonnages ont dû en faire des dégâts, se désola Jean.

Marthe et Rose étaient catastrophées. Abattu, le regard égaré, Jean réagit en s'insurgeant :

– J'imagine notre belle région massacrée, nos villages en ruines, une étendue de champs de cratères.

Puis, il termina la lecture de la lettre :

Tu me disais dans ta dernière lettre que tu avais écrit à Maginot. Tous les deux, vous avez été gravement touchés, mais vous êtes chez vous. Si je m'en sors, on tâchera de se revoir à la fin de cette sale guerre et déguster une bonne mirabelle.

A bientôt j'espère, mon vieux Pépère.

Meyer, un ancien patrouilleur comme toi.

– Grand-père n'aurait pas supporté d'entendre que notre village avait été martyrisé, dit Rose.

– Je crois que si depuis plusieurs mois, il était aussi renfermé, taciturne, c'est précisément parce qu'il pensait que notre village n'échapperait pas à la guerre et c'est ce qui l'a emporté.

– Je crains aussi, pour mes parents, avança Marthe soucieuse.

– Cet après-midi, comme d'habitude, j'irai voir Joseph, le mettre au courant de la situation et lui démontrer, une fois de plus, que tout le monde a sa part de malheur.

Jean avoua que la lettre de son camarade Meyer lui avait coupé l'appétit et qu'il mangerait seulement une assiettée de soupe.

13

En lançant ses attaques massives, l'Allemagne comptait conquérir la place forte de Verdun et porter un coup décisif à la France et à ses alliés. Malgré un si violent et si meurtrier bombardement, les défenseurs repoussèrent les assauts des Allemands, lesquels croyaient que les troupes françaises avaient été entièrement anéanties par l'artillerie.

Subissant lui aussi d'énormes pertes, sans avoir atteint l'objectif qu'il s'était fixé, malgré les moyens en hommes et en matériel, l'ennemi décida de changer de tactique. Pendant plusieurs semaines, la ligne de front fut soumise à de multiples attaques, dans le but d'affaiblir la résistance de l'adversaire et de l'abattre définitivement par une nouvelle offensive générale.

Partout, cependant, les combattants français furent admirables. Les unités d'infanterie, de chasseurs, de tirailleurs rivalisaient d'héroïsme, si bien que dans l'ordre du jour, à ses troupes, le général Pétain concluait : « Courage… on les aura ! »

Les familles concernées directement par la guerre, parce qu'un parent était soldat dans un secteur plus ou moins exposé du front, vivaient chaque jour dans une angoisse permanente. Depuis que Rose savait que Roger avait rejoint son régiment dans la région de Verdun, elle n'était plus aussi gaie. Ils ne s'étaient pas fréquentés longtemps avant son appel sous les drapeaux, mais le cœur de Rose battait la chamade lorsque le facteur lui tendait une lettre de la Poste aux armées. La dernière remontait à quelques jours. Il lui annonçait qu'il avait quitté le front et que son unité était en repos à Lisle-en-Barrois, à quelques kilomètres de Bar-le-Duc.

A l'approche de la fête de Pâques, les familles Moser se réjouissaient d'accueillir leurs collégiens pendant quelques jours de vacances. Maurice devrait être présenté à la fin de cette année scolaire au brevet élémentaire. En cas de réussite, ce diplôme mettrait un terme à ses études. Jean espérait que Paul irait jusqu'à ce niveau.

Au cours de cette première quinzaine d'avril, une alternance de pluie et de soleil transforma la végétation. Une herbe tendre, pigmentée de fleurs de pissenlits, régalait les animaux au pâturage. Dans les forêts où les bûcherons procédaient aux dernières coupes, les arbres se dotaient de leur parure, refuge d'oiseaux piaillants, en train de nidifier. La nature revivait pleinement. Le printemps prenait possession des lieux comme semblait s'installer durablement la guerre.

Depuis qu'il avait appris l'occupation de Bezonvaux par les Allemands et l'échange de tirs des artilleries sur le village, Jean avait réfléchi longuement. Il se disait que même si par bonheur cet effroyable conflit s'arrêtait, le retour de la famille à Bezonvaux ne serait pas immédiatement envisageable. Il repartirait seul, afin de se rendre compte de l'état des habitations. Marthe était de l'avis de son mari et abonda également dans son sens quand il lui suggéra de constituer un petit cheptel. Par l'intermédiaire du maire, il entra en relation avec un maquignon. Celui-ci grimaça, argumentant que les réquisitions avaient enlevé des milliers de têtes au troupeau bovin et que l'armée avait un énorme besoin de viande qu'il fallait quotidiennement acheminer aux troupes du front. Jean se souvenait avoir lu qu'on avait transformé des autobus en fourgons à viande, laquelle était suspendue le long du couloir à des crochets, fixés à des barres de fer, semblables aux mains courantes des transports en commun.

Les difficultés actuelles de son métier ainsi exposées, le marchand de bestiaux laissa pourtant entrevoir que la situation s'améliorait depuis que le gouvernement avait eu recours à l'importation de viande congelée, destinée aux militaires et aux civils. Il espérait donc lui amener à Saizenay trois belles laitières, avant Pâques et en tout cas, le plus tôt possible.

Le sol s'étant ressuyé après l'averse de l'avant-veille, Marthe demanda à son mari, ce samedi matin, de lui préparer un emplacement au jardin, en vue de semer des carottes, des poireaux et des betteraves rouges. Elle le rejoindrait dès que serait cuit le gâteau de ménage pour le dessert du lendemain.

La terre se travaillait bien et ne collait pas aux outils, ni aux sabots. Jean cassait les mottes, puis les ratissait finement, tout en songeant à l'avenir. Grâce à ce que son père lui avait laissé ainsi qu'à son frère, il posséderait bientôt des laitières qui produiraient quarante-cinq à cinquante litres de lait par jour. La semaine précédente, il avait acheté un goret et quelques poussins à la foire de Salins. Avec son allocation versée par l'Etat, ils devraient s'en sortir, en permettant à Paul de continuer des études. Il était d'autant plus serein que Germain avait été confirmé dans son emploi à la scierie.

Jean se redressa, souffla et, soulevant sa casquette, s'épongea le front, tout en chassant une guêpe qui tournoyait autour de sa tête. Le soleil régnait en maître dans un ciel dégagé. Soudain, il entendit comme un cri de douleur et sembla reconnaître la voix de sa femme. Inquiet, il planta sa bêche dans la terre et s'apprêtait à repartir, quand Marthe se présenta, accompagnée de Michel.

– Jean ! Jean ! hurla-t-elle, affolée.

A leur visage frappé d'épouvante, Jean comprit qu'il y avait quelque chose de grave.

– Joseph s'est pendu ! lâcha-t-elle, catastrophée contre l'épaule de son mari.

Pâle et en pleurs, son neveu expliqua qu'il avait trouvé son père dans la grange. Paniqué, il avait aussitôt alerté sa mère puis était allé chercher de l'aide chez les voisins pour le détacher.

– Le pouls ne battait plus. papa était mort ! hoqueta Michel, la voix cassée par le chagrin.

Jean l'attira affectueusement contre lui et, sans perdre de temps, coupant au plus court, ils arrivèrent auprès de Juliette, éplorée, au milieu des voisins et du maire qui se trouvait dans les parages.

Juliette s'effondra dans les bras de Marthe, tandis que Jean passa dans le poêle où son frère reposait sur un lit. Il fixa le visage blême de Joseph marqué par les stigmates de la blessure de guerre qu'il ne supportait plus et qui avait motivé sa décision d'en finir. S'approchant de Joseph, désormais endormi dans une vie éternelle, il chuchota : « Pardonne-moi de n'avoir pas décelé l'envahissante détresse qui te rongeait. J'ai pourtant été près de toi tous les jours, espérant te distraire en te parlant de choses et d'autres, de souvenirs d'enfance dans notre village natal. Tu avais souhaité être tenu au courant de l'évolution de cette guerre qui s'éternisait. Comme nous tous, tu as été peiné d'apprendre que l'ennemi avait envahi Bezonvaux. J'ai essayé de te persuader que, malgré nos handicaps, nous avions la chance d'être dans nos familles. Juliette et tes enfants étaient rassurés et heureux de savoir que tu ne ferais plus jamais la guerre, laquelle aurait pu te compter parmi ses centaines de milliers de morts ».

Jean se signa, puis retourna à la cuisine, laissant Marthe et Juliette s'affairer à préparer la chambre mortuaire. Le maire était encore là, avec ses amis. Il ne tarissait pas d'éloges sur Joseph, un travailleur de la terre, estimé de tous les habitants de Saizenay.

– La guerre ne ménage pas votre famille, monsieur Moser, dit le maire d'une voix compatissante.

– Je me demande ce qui nous attend ! répondit Jean d'un ton tristement désabusé.

Le maire proposa à Jean de discuter des formalités en mairie en fin de matinée.

– Ça me convient et j'aurai peut-être rencontré avant M. le curé.

Le maire ralluma sa cigarette et répondit d'un air embarrassé qu'un ancien curé avait refusé de célébrer des obsèques religieuses à un suicidé de la Commune.

– J'y ai pensé. Nous avons connu dans nos villages des cas semblables et les prêtres n'avaient pas outrepassé les interdits de la religion catholique.

– Comme vous avez de bonnes relations avec notre desservant, on ne sait jamais ! dit le maire, en prenant congé de Jean et des siens, anéantis par ce drame soudain et brutal.

En revenant de la cure et de la mairie, Jean hésita à entrer chez sa belle-sœur et se dit finalement qu'il devait la tenir au courant de ses démarches, le plus tôt possible. Juliette était attablée devant un bol de soupe, en compagnie de Marthe, de Rose et de Michel.

– J'ai forcé Juliette à prendre quelque chose de chaud, dit Marthe.

Jean approuva l'initiative de sa femme et en réclama aussi. Il demeura un moment silencieux, inhalant le fumet du potage aux légumes dont il savoura quelques cuillerées, puis commença à rendre compte de ses démarches. En accord avec les principaux intéressés, l'enterrement aurait lieu mardi matin à onze heures.

– Le maire se charge de faire ouvrir la sépulture où est notre père, poursuivit Jean, en prenant en mains le bol de soupe, laquelle était maintenant moins chaude.

Entre deux gorgées, il se lança :

– J'ai rencontré le curé. Il ne savait pas ce qui s'était passé et m'a annoncé que son ministère ne l'autorisait pas à célébrer les funérailles à l'église des personnes qui s'étaient donné la mort.

Juliette manifesta une certaine irritation, rappelant d'une voix cassée par le chagrin que Joseph avait toujours été fidèle à la religion catholique et que, chaque dimanche, toute la famille assistait à la messe.

– Je n'ai pas manqué de le souligner mais il n'en démordait pas, répétant que Dieu nous a donné la vie et que c'est à Lui seul d'en disposer. J'ai ajouté que Joseph avait confirmé plus tard son baptême et s'était engagé à demeurer un membre vivant de l'Eglise.

– Joseph aura donc un enterrement civil ? se résigna Juliette, secouée par des sanglots.

– Je me suis permis d'insister, en pensant aussi à mes parents, qui nous ont élevés dans la foi chrétienne. Et soudain, je lui ai lâché qu'en raison de sa grave blessure de guerre, de cette cécité qui l'empêchait de vivre normalement, il avait peut-être estimé qu'il n'était plus un enfant de Dieu comme les autres. Des propos qui l'ont surpris et après quelques instants de réflexion, il m'a quand même proposé d'être à onze heures devant la porte du cimetière et de faire prier l'assistance. J'ai vu le maire en sortant de la cure et lui ai raconté l'entretien. Il m'a dit « On a un bon curé, M. Moser ! ».

Marthe acquiesça d'un signe de tête en prenant la main de sa belle-sœur.

Jean exposa les démarches qu'il comptait entreprendre l'après-midi et demanda à son neveu d'atteler Câlin à la voiture. A Salins, après un arrêt chez le menuisier, il irait au collège, espérant que le directeur autoriserait Maurice et Paul à sortir. Ensuite, il ferait envoyer à la Poste un télégramme au frère de Juliette, le camarade de régiment de Joseph, devenu son beau-frère, lequel avait été réformé de l'armée à la suite d'une maladie pulmonaire qui l'avait immobilisé pendant plusieurs mois. Quant à ses beaux-parents, très affectés aussi par le bombardement de leur village, Marthe leur écrirait. En prévision des visites et des veillées, il rapporterait du pain, du café et plusieurs bouteilles de vin.

– Dire qu'à Bezonvaux, nous avions une si bonne cave ! fit-il d'un ton las.

Apercevant Câlin devant la maison, Jean se leva et rappela à Marthe d'aller cueillir des branches de buis pour le lendemain, jour des Rameaux, où toute la famille Moser assisterait à la messe.

Les habitants du village s'étaient rassemblés devant le cimetière. D'imposants nuages permettaient au soleil de brèves apparitions. A onze heures, M. le curé se présenta vêtu d'un surplis et coiffé de la barrette. Devant le cercueil posé sur des tréteaux, il resitua les principes de l'Eglise, vis-à-vis de celles et de ceux qui se sont donné une « mauvaise mort », réitérant que chacun était responsable de sa vie devant Dieu et qu'il appartenait à Lui seul de décider. Il lut les prières auxquelles participa l'assistance. Il fit le signe de la croix et repartit.

Un gros nuage noir sembla happer le soleil, assombrissant davantage l'atmosphère au moment où les gens de Saizenay commençaient à rendre un dernier hommage à ce villageois d'adoption, victime de la guerre. La présence de tout ce monde réconforta la famille Moser, laquelle mesura ainsi l'estime dont elle jouissait. Des gouttes de pluie tombaient lorsque le cantonnier et des bénévoles de la Commune portèrent le cercueil vers la sépulture. Ils se hâtèrent mais aux premières pelletées, la pluie mélangée à de la grêle redoubla d'intensité. L'ensemble de la famille s'engouffra dans la maison la plus proche, celle de Jean et de Marthe où un café bien chaud fut servi. La giboulée dura quelques minutes. Puis, le soleil revint, couronnant le mont Poupet d'un magnifique arc-en-ciel.

Depuis la disparation de son frère, Jean était l'homme, le conseiller, sur qui les deux familles Moser s'appuyaient. Il en était conscient et assumait de bonne grâce cette responsabilité.

Juliette avait repris courageusement avec son fils Michel, l'exploitation de la ferme. Ses parents l'aidèrent davantage car elle avait besoin d'être soutenue moralement. En juillet, la réussite de Maurice au brevet élémentaire lui apporta un peu de baume au cœur. Elle informa aussitôt son frère, employé à la Compagnie des chemins de fer, au cas où se présenteraient des perspectives d'embauche. Maurice aimerait être dans la partie technique plutôt que dans le commercial ou l'administratif. En attendant, il avait de quoi occuper ses vacances à des petits travaux, à aider aux prochaines moissons, à conduire et aller rechercher le bétail dans les pâtures avec son cousin Paul et le fidèle Boby. Le soir, les deux vacanciers chargeaient les gros bidons de lait sur une petite charrette et les emmenaient à la fromagerie « La coulée » était une animation dans le village où filles et garçons se retrouvaient.

Ce jeudi 13 juillet, Marthe reçut de bonnes nouvelles de ses parents, maintenant installés à Bar-le-

Duc, dans un petit meublé où ils tournaient en rond, désespérant de reprendre, un jour, une vie normale à Ornes. Prenant connaissance de la lettre de ses beaux-parents, Jean rappela à Marthe ce qu'avait écrit l'ami de Rose dont le régiment était engagé vers l'étang de Vaux et au sud de Damloup : « La région est méconnaissable : des champs percés d'une multitude de cratères, des forêts massacrées, incendiées, des maisons détruites dans de nombreux villages »...

– A Ornes ou à Bezonvaux, je crois malheureusement que nous sommes logés à la même enseigne. Les bombardements ont certainement causé des dégâts importants à nos villages et peut-être à nos maisons, commenta Jean.

– Justine est surtout inquiète pour papa, lui qui a toujours vécu au grand air, dans ses champs et dans les bois, observa Marthe.

– S'ils suivent les événements, il y a de quoi se morfondre, répliqua Jean, gesticulant sur sa chaise. Martelant du poing sur la table, il poursuivit : « Je ne comprends pas – et je ne suis pas le seul – pourquoi les chefs ont tenté une nouvelle offensive dans la Somme, au lieu de renforcer nos régiments décimés et de mettre le paquet sur Verdun qui est toujours en danger. Quelle tuerie, aussi bien d'un côté que de l'autre !

– Que de familles dans la détresse, en perspective ! Quand verra-t-on le bout de cette guerre ? se lamenta Marthe.

Jean continua à lire la lettre et la remit à Marthe en disant :

– Justine a donc été embauchée dans une bonneterie. Avec son salaire, ils vivront au moins correctement !

Jean annonça qu'il allait à l'herbe pour les lapins et qu'au retour, il changerait leur litière.

En traversant le village, il croisa le maire, en tenue légère d'été, tellement la chaleur était accablante. A l'ombre projetée d'une maison, ils se saluèrent et échangèrent sur le temps, favorable à de prochaines moissons.

– Vous préparez les festivités du 14 juillet ? questionna Jean.

– La guerre est dans toutes les têtes, si bien que l'ambiance n'est pas tellement à la fête. J'ai demandé à l'instituteur d'animer l'après-midi par des jeux avec ses élèves, ce qui amusera aussi les parents. Par cette température, les hommes seront plutôt au café où un jeu de quilles est prévu.

– J'ai lu que les Poilus, les troupes coloniales et alliées défileraient à Paris. C'est un honneur et une récompense pour tous ces camarades qui, demain, seront à nouveau au casse-pipe, observa Jean.

– Dans la Somme peut-être, où les Boches sont pilonnés par l'artillerie française et britannique.

Jean pesta à nouveau contre le déclenchement de cette nouvelle bataille.

– On aurait mieux fait de jeter le maximum de nos forces sur la Meuse où nos troupes, affaiblies, résistent héroïquement à un ennemi qui voulait nous « saigner à blanc ». Vous pensez que je raisonne en égoïste, en plaidant pour Verdun et ma région.

– Je vous comprends, répondit le maire, mais j'ai lu aussi que le but était d'enfoncer les lignes allemandes fortifiées et de dégager Verdun.

Jean eut un air sceptique et le maire ajouta :

– En provoquant l'ennemi dans la Somme, les chefs comptent que les Allemands dégarniront le front de Verdun pour venir au secours de leurs troupes dans la Somme.

– Ma foi, espérons que tout ira comme prévu et qu'on sortira bientôt de cette guerre.

Le maire acquiesça d'un signe de tête et avança qu'il craignait chaque jour de recevoir le fatidique télégramme annonçant la mort d'un enfant du village.

– Au fait, M. Moser, j'ai rencontré récemment le patron de la scierie où travaille votre fils. Il est très content de lui.

– Je me fais du souci. Germain a dix-huit ans et dans deux ans, il sera appelé au service militaire.

– D'ici-là, M. Moser, j'espère qu'on ne parlera plus de la guerre !

– Tout le monde l'espère, monsieur le Maire, lequel apercevant une personne du village avec qui il avait rendez-vous, prit congé de Jean.

14

Après trois mois de lutte, la bataille de la Somme totalisait pour les deux camps plus d'un million deux cent mille tués, blessés ou disparus. Les résultats sur le terrain n'étaient pas à la hauteur des prévisions des commandements français et britannique. A l'arrière, on constatait une fois de plus que la guerre de mouvement envisagée par Joffre s'était transformée en une bataille interminable d'usure. A Paris, les généraux Foch et Joffre devenaient de plus en plus impopulaires auprès des politiques qui déploraient cette hécatombe en vies humaines pour une maigre progression d'une dizaine de kilomètres. Dans les villes, les villages de France où chaque jour des maires recevaient l'annonce de tués dans leur Commune, tout le monde s'interrogeait, se demandant combien de mois il faudrait encore pour vaincre cette ligne de front allemande, continuellement reconstituée ? L'initiateur de la grande offensive dans la Somme, le général Joffre, eut beau déclarer dans son ordre du jour, le 29 septembre, que Verdun avait été dégagé et vingt-cinq villages reconquis, cette bataille était globalement ressentie comme un échec, ce qui avait terni l'image du général aux yeux des responsables de l'Etat.

Jean et Marthe rentraient de Salins. Ils avaient reconduit Paul au collège où il avait encore deux ans d'études avant le brevet élémentaire. Le soleil rayonnait enfin, ce qui donna un caractère moins triste à la rentrée. Paul retrouva ses camarades et oublia vite qu'il n'aurait plus son cousin à ses côtés.

La semaine dernière, par un temps pluvieux, Jean avait accompagné sa belle-sœur et son neveu à Besançon. Maurice avait été convoqué par la Société des chemins de fer afin d'y subir quelques épreuves et un entretien avec la personne chargée du recrutement. Maurice était satisfait des exercices qu'on lui avait soumis, mais sa mère attendait anxieusement la réponse des Chemins de fer.

Jean referma nerveusement le journal qu'il avait acheté à Salins.

– Bord... enragea-t-il, en retenant le juron devant Marthe et sa fille, laquelle allumait une lampe.

– La Somme. Il n'y en a que pour la Somme ! continua-t-il agacé. Voilà sept mois que Bezonvaux et des forts sont sous la coupe des Boches. Qu'est-ce qu'ils attendent pour nettoyer tout ça ?

Marthe répliqua à son mari qu'il ne servait à rien de s'énerver sur des événements qu'ils étaient bien obligés de subir.

– Tu as raison, mais cette guerre dure depuis deux ans et on n'en voit toujours pas le bout, ni ce qu'on va devenir.

– On peut se consoler, en pensant que des gens souffrent et sont plus malheureux que nous, dit Marthe d'un ton apaisant.

Jean sortit. Il était six heures. Le jour commençait à s'effacer. Il appela Marthe et Rose pour admirer un ciel flamboyant au coucher du soleil, avant d'aller traire et soigner les animaux.

– Demain, nous aurons encore une belle journée dit Marthe, qui avait en projet d'arracher les dahlias et de rentrer les tubercules.

Trois semaines plus tard, des journées de pluie succédèrent aux premières gelées, altérant la parure si richement colorée des forêts.

Ce dimanche 29 octobre, la brume enveloppait le sommet du Mont Poupet. Par moments, le vent soufflait mais il ne pleuvait pas. A la sortie de la messe, le maire s'efforça de saluer tous ses concitoyens et d'être à l'écoute de ceux qui avaient des questions à lui soumettre. Il se dirigea vers Jean, en discussion avec la personne qui lui prêtait aimablement parfois sa charrette.

– Vous êtes au courant M. Moser que nos troupes viennent de reprendre le fort de Douaumont ?

– Non, vous me l'apprenez, répondit Jean, en prenant le journal que lui tendait le maire.

– C'est un régiment d'infanterie coloniale du Maroc qui a réussi cette reconquête. Nous avons eu des pertes mais rien de comparable à celles des Allemands qui auraient aussi laissé sur le terrain beaucoup d'armement et de matériel.

Jean se réjouit de ce succès qu'il accueillit cependant avec prudence car les Allemands n'avaient certainement pas dit leur dernier mot. Le maire partagea cet avis, d'autant que le jour où l'ennemi était chassé de Douaumont, il prenait en otage la ville de Reims, en la bombardant de plusieurs centaines d'obus.

Avant de le quitter, Jean apprit au maire que Maurice, son neveu, devrait entrer aux Chemins de fer au début de l'année prochaine.

– Enfin, une bonne nouvelle pour la famille, se félicita le maire.

Jean s'arrêta chez Juliette. Il lui annonça que, disposant d'une charrette, il irait chercher Paul à Salins ce mardi, veille de la Toussaint, et qu'à cette occasion, il achèterait des chrysanthèmes.

Sur leur lancée, les coloniaux partirent à l'assaut du fort de Vaux, soutenus par un tir intensif de l'artillerie. Lorsque les Français y pénétrèrent, les Allemands l'avaient déjà évacué.

Ainsi, en dix jours, grâce à de nouveaux moyens en hommes et en armement mis à la disposition du secteur de Verdun, les Allemands furent rejetés au-delà des positions qu'ils avaient conquises à l'issue de six mois de combats acharnés et sanglants.

Les Moser suivaient attentivement les opérations qui se déroulaient à nouveau dans la région proche de Bezonvaux. D'après les articles de journaux, les Allemands se seraient repliés dans les ravins qui accédaient aux forts et tenaient encore des points d'observation presque aussi élevés que ceux des forts. Jean n'était pas rassuré. Il craignait à nouveau une contre-attaque de l'ennemi, comme cela se produisait de façon incessante depuis deux ans et demi.

– Une fois de plus, Marthe, j'ai peur que tous ces tués et blessés pour reprendre ces forts n'aient servi à rien. Je souhaite me tromper, commenta Jean d'un air sceptique.

Marthe soupira profondément et répondit :

– Quand serons-nous enfin en paix ?

– Ce n'est pas pour demain, hélas, avec l'hiver qui est proche et des conditions difficiles pour des fantassins englués dans la boue et paralysés par le froid. Déjà, pendant ce mois de novembre, la pluie n'a pas cessé.

A la lueur de la lampe, Rose récupérait les mailles du tricot qui avaient glissé de l'aiguille de sa mère. Quant à Jean, il relisait la lettre que son ami Meyer lui avait adressée. Il était content d'apprendre qu'il était toujours en bonne forme ainsi que quelques-uns de ces intrépides du 44 qui étaient dans la section Maginot.

Il s'arrêta et regardant fixement Marthe et Rose tricoter, il remonta aussitôt le temps jusqu'à cette époque où, au mépris du danger, ils s'embusquaient pour tirer le Boche ou le capturer. Inévitablement, il se remémora cet accrochage au bois des Hayes, lequel en raison de la mise hors de combat de son chef, sonna la dissolution de cette unité de casse-cous et, pour lui, le retour définitif au foyer.

Interrompant ses pensées, Jean demanda à sa femme :

– Tu te rappelles de Basile Dubois ?

Marthe acquiesça d'un mouvement de tête.

– On n'a pas été affectés à la même Compagnie et je ne l'ai jamais revu. Il est maintenant dans le groupe de Meyer. Ils ont parlé de moi, de Bezonvaux mais il ne dit pas où sa famille s'est réfugiée.

– A notre départ, ils n'avaient pas encore quitté le village, précisa Marthe.

Jean bailla, remit la lettre sur un coin de table avec d'autres papiers. Il se leva, embrassa sa femme et sa fille, puis monta péniblement se coucher, tandis que Boby rejoignait sa caisse.

Le lendemain, à six heures, il faisait encore nuit. Marthe poussa le feu pour chauffer la casserole de café. Jean descendit de son pas claudiquant et s'approchant de la fenêtre, dit en s'étirant :

– On ne verra pas encore le soleil aujourd'hui.

– Hélas !

– J'ai mal dormi cette nuit, poursuivi par des cauchemars.

– Oui, tu étais très agité.

Son bol de café entre les mains, Jean raconta qu'aux côtés de Maginot, de Meyer, de Braco et de toute la bande, ils se battaient contre les Allemands au Fond-du-Loup, solidement retranchés dans des boyaux, des blockhaus, protégés par des réseaux de barbelés. Ils réduisaient les résistances à la baïonnette, à coups de crosse, de grenades.

Jean marqua un temps d'arrêt, puis il enchaîna :

– Ensuite, j'étais à Bezonvaux devant notre ferme, en ruines, pataugeant dans la boue entre les cratères d'obus, remplis d'eau, et des tas de gravats... lorsque je me suis réveillé.

– C'était heureusement un rêve, répliqua Marthe redoutant, cependant, que son mari ait eu une vision prémonitoire de ce qui les attendait à leur retour à Bezonvaux.

A la pluie succéda le froid et même certains jours, des chutes de neige, entrecoupées de bourrasques. La première quinzaine de décembre annonçait que l'hiver était proche. Dans de telles conditions climatiques, Jean n'espérait plus la continuité des opérations. Pourtant, quelle ne fut pas sa surprise en ouvrant le journal, au soir du lundi 18 décembre, de lire que les troupes françaises avaient repris l'offensive afin d'amplifier les précédents succès et de reconquérir l'intégralité des ouvrages de défense. L'article faisait état de villages, de lieux qu'il connaissait : Vacherauville, la Côte du Poivre, les bois de la Vauche, d'Hardaumont et, pour la première fois, Bezonvaux son village, était cité.

Ce soir-là, le sommeil ne vint pas. Jean avait hâte d'être en possession du journal et de connaître la suite des opérations. Anxieusement, il guetta le passage du facteur et patienta encore deux heures avant de se rendre chez le maire. Il était trois heures de l'après-midi et il ne neigeait plus.

Percevant du bruit dans la grange, Jean y jeta un œil et vit le maire en train de remettre un manche à une pioche.

– Qu'est-ce qui vous amène M. Moser ?

Il expliqua qu'il ne tenait plus en place depuis qu'il avait eu connaissance de la reprise des combats dans sa région. Il était impatient de savoir si son village avait été libéré.

– Une chose est sûre, M. Moser, le journal d'aujourd'hui titre que notre armée a gagné la bataille de Verdun.

– Voilà dix mois que ça dure ! se lamenta Jean.

– Et quelle saignée ! les pertes sont énormes d'un côté comme de l'autre. Un effroyable carnage pour rejeter l'ennemi, là où il était quand il a lancé son offensive au début de l'année, dans le but de nous anéantir.

– Comment va-t-on sortir de cette guerre ?

– Ma foi ! fit le maire, en se grattant la tête. Elle s'arrêtera peut-être le jour où il n'y aura plus de combattants dans les deux camps. Il serait temps que ça se termine et qu'on nous renvoie notre jeunesse… enfin, ce qu'il en reste !

Jean suivit le maire dans sa cuisine. Il salua Marie et sa mère, occupée à des travaux de couture. Le maire étala le journal et parcourut rapidement ce qu'il avait lu, en laissant glisser son index sur le texte afin de repérer ce qui pourrait intéresser son interlocuteur.

– Ah ! dit-il, là on parle des Chambrettes, du bois de Hassoule, vous connaissez sans doute ?

– Sûr, c'est pas loin de chez nous.

Poursuivant, le maire arrivait presque à la fin de l'article quand il s'exclama :

– Eh bien ! voilà, M. Moser, ce qui vous intéresse. « Le matin du 16 décembre, les vaillants Zouaves et Chasseurs investirent en vainqueur le bois des Caurières et Bezonvaux… »

Jean poussa un ouf de soulagement en entendant que son village était redevenu français.

– Ça vaut bien une petite quetsche de ma fabrication, M. Moser.

Jean accepta mais il avait du mal à se concentrer sur les propos du maire, se demandant si son village et son domaine, étaient encore reconnaissables. Il remercia le maire de son excellente eau-de-vie et dit en le quittant que les Boches avaient dû se délecter des quelques bouteilles de mirabelle que son père n'avait pu emporter.

Il était midi, ce samedi 23 décembre. Marthe mettait la table et Jean feuilletait le journal de la veille que le maire lui avait remis.

– La reconquête a été très dure pour les Poilus. Non seulement ils ont dû venir à bout d'une résistance coriace des Allemands mais aussi lutter contre la pluie, les rafales de neige, protégés uniquement par une toile de tente. Beaucoup ont été évacués parce qu'ils avaient les pieds gelés, rapporta Jean.

Rose entra brusquement, transie par la pluie glaciale. Elle ôta ses sabots et sa mère prit sa pèlerine mouillée qu'elle posa sur une chaise près du fourneau.

– J'ai reçu une lettre de Roger. Il me donne des nouvelles de Bezonvaux.

Surpris, Jean releva la tête et s'adressant à sa fille, il questionna :

– Il était donc dans le coup ?

– Depuis la Marne où ils étaient en repos, ils ont fait mouvement vers le front le 10 décembre. Il précise que son unité n'était pas en première ligne.

– Et que raconte-t-il sur Bezonvaux ?

Rose s'assit et commença la lecture des passages qui concernaient leur village.

... En faisant ta connaissance, je ne pensais pas qu'un jour, je découvrirais ta région dans des condi-

tions aussi épouvantables. On a eu très froid. On avançait péniblement dans la boue qui collait aux semelles.

En revenant à notre base arrière, on a traversé Bezonvaux. J'hésite à te l'écrire, mais malheureusement, c'est la triste réalité. Ton village n'est que ruines et il n'est pas le seul.

– Ornes est certainement dans le même état, dit Marthe, abattue.

Jean opina de la tête et Rose continua la lecture.

Toutes les maisons ont été atteintes ; certaines plus que d'autres. Tu m'avais dit que vous habitiez à l'écart de Bezonvaux. J'ai vu des bâtiments isolés, également endommagés. C'était peut-être là, votre ferme ?

L'église n'a plus de clocher, ni de toiture. Le cimetière n'a pas été épargné. Des tombes ont été massacrées.

– Mon Dieu ! Si mon père était de ce monde, son cœur n'aurait pas tenu, dit Jean, catastrophé.

La grisaille de l'hiver, poursuivit Rose, *accentue encore davantage la désolation d'une campagne meurtrie par la violence des combats. Les champs sont criblés de trous d'obus dans lesquels des combattants aussi bien allemands que français ont dû être ensevelis. Rares sont les forêts qui n'ont pas été dévastées.*

Quand nous aurons chassé les Boches – j'espère bientôt – comment sera-t-il possible de revivre dans un pays aussi ravagé où la guerre aura laissé des traces qui ne s'effaceront jamais ?

Cette lettre te causera de la peine ainsi qu'à tes parents et j'en suis désolé.

Donne le bonjour à ton amie Marie.

Le capitaine m'a promis que j'aurais une permission au début de l'année prochaine.

En attendant…

Un long silence s'installa. Un coup de vent projeta la pluie contre les vitres. Marthe épongeait ses yeux larmoyants. Les coudes en appui sur la table et la tête entre ses mains, Jean était abasourdi.

– Je m'y attendais, hélas ! Depuis des mois, les canons n'ont cessé de rugir, d'envoyer des milliers et des milliers d'obus. Ça devait aboutir à un tel désastre, maugréa-t-il.

Marthe remit du bois dans le fourneau et replaça la casserole de soupe au centre du foyer.

– La guerre peut encore durer. Les Allemands ne resteront pas sur un échec et sont peut-être en train de préparer la contre-attaque. Notre région, déjà mal en point, risque d'être à nouveau écrasée par les duels d'artillerie, rebroyant les ruines de nos villages. A bientôt quarante-quatre ans, je pourrais me lancer dans la reconstruction de notre domaine, reprendre l'exploitation comme avant mais je dois compter avec cette blessure qui est un handicap. Et puis, dans quelques années, quand on prononcera le nom de Bezonvaux, on dira, je le crains, c'était un village. Alors…

Jean marqua un temps d'arrêt et fixant Marthe qui avait les yeux baissés, il enchaîna :

– Notre fille se mariera et s'installera sans doute, ici, à Saizenay.

– La guerre n'est pas finie et Roger est en danger, réagit Rose, la gorge serrée.

– Germain a trouvé sa voie et Paul a de bonnes notes. Il devrait réussir au Brevet. Avant qu'ils ne soient appelés au service militaire, espérons qu'on ne parlera plus de la guerre, observa Jean.

– C'est à souhaiter ! répliqua Marthe qui demanda à son mari s'il voulait manger maintenant. Il avait, en effet, prévu de partir à Salins en début d'après-midi, pour être au collège à la fin des cours.

– Je n'ai plus tellement d'appétit.

– Prends au moins un peu de chaud. Ça te fera du bien par ce temps humide et froid, insista Marthe en posant sur la table le faitout de soupe au chou dans lequel elle avait trempé des lèches de pain.

Elle versa deux grandes louches dans l'assiette de son mari.

Jean savoura prudemment le bouillon brûlant, après l'avoir remué avec sa cuillère.

Au bout d'un moment, Jean reprit la conversation.

– Je crois que notre avenir est dans ce village. Ici, nous avons un toit. Je ne me sens pas le courage de redonner, à partir des ruines, ce qui pourrait être une suite aux belles années que nous avons vécues à Bezonvaux. Et comme l'écrivait l'ami de Rose, combien d'années faudra-t-il pour faire renaître des forêts, des pâturages verdoyants et des champs cultivés ?

Marthe approuva les propos de son mari, songeant aux siens, dans la même situation.

– Pour tout le monde, c'est dur de tirer un trait, de renoncer à ce qui était notre terroir, à notre pays natal où nous avons tant de souvenirs.

Silencieuses, Marthe et Rose écoutaient pensives, épongeant les larmes qui perlaient de leurs yeux.

– Après la guerre, quand l'Etat nous indemnisera, nous achèterons cette ferme et nous augmenterons notre cheptel, ajouta Jean.

– Veux-tu reprendre de la soupe ? demanda Marthe.

– Non, je vais atteler Câlin et je pars à Salins. Bijou ne sera pas content, dit Jean en quittant sa chaise.

Marthe lui rappela les commissions qu'il devait rapporter pour le repas de Noël. Jean eut un geste désabusé et dit :

– Un troisième Noël triste pour des milliers de personnes dans la peine, dans la dévorante attente du retour de leurs soldats. Espérons que bientôt nous en aurons d'autres plus joyeux. La guerre n'a pas épargné les Moser. Elle aura au moins permis de les réunir.

Dès que Jean eut refermé la porte de la cuisine, Rose désservit la table tandis que sa mère, les yeux rougis, demeurait pensive. Elle avait toujours secrètement gardé l'espoir qu'un jour, elle et son mari, retourneraient dans leur région natale et qu'ils reprendraient les activités comme avant le guerre. Elle devrait donc renoncer à cette perspective et se faire à l'idée que désormais, ils continueraient leur vie à Saizenay, ce village jurassien qui les avait si chaleureusement accueillis et adoptés.

Epilogue

Pendant les deux années suivantes, les Allemands, solidement repliés sur leur ligne de front, ne cessèrent d'harceler Bezonvaux et sa région, par des coups de main, des tirs d'artillerie, criblant les champs d'entonnoirs et abattant dans les villages des pans de murs qui avaient résisté aux précédents bombardements.

Lorsque cessèrent les hostilités, le 11 novembre 1918, Bezonvaux n'était que ruines, désolation. Personne n'osait s'aventurer dans une campagne sillonnée de tranchées, percée de cratères où subsistaient des quantités de matériel, de douilles, d'obus non éclatés et des restes humains. Du bois des Caurrières, il ne restait que des troncs brisés, calcinés. Tel fut le paysage chaotique que découvrit Justine au printemps 1919. Une région méconnaissable. Des villages complètement détruits dont le sien et celui des Moser.

Jean ne fut pas surpris en lisant la lettre de sa belle-sœur. Par contre, ce qui l'étonna, ce fut la précipitation des populations chassées de la zone des combats, à revenir dans les villes et les villages massacrés. Il avait eu connaissance que de nombreux sinistrés rentraient alors qu'ils n'avaient pas de toit, pas d'argent, ne sachant pas comment, sans travail, ils mangeraient le lendemain. Jean se félicita d'avoir pris la bonne décision en s'établissant définitivement à Saizenay, village endeuillé comme tant d'autres, par quatre morts pour la France, au cours de ce conflit meurtrier.

A l'inauguration du monument aux morts de la Commune, Jean fut décoré de la Croix de guerre que son frère, grand invalide, aurait dû, lui aussi, recevoir ce jour-là.

Jean s'entêta à ne pas retourner à Bezonvaux. Il ne tenait pas à voir ce spectacle affligeant, démoralisant, préférant conserver de son village, de son domaine, l'image de l'avant-guerre. A Bar-le-Duc où il accompagna Marthe aux obsèques de son beau-père, il ne fut pas tenté de pousser jusqu'à sa région natale.

Classés en zone rouge, les terrains incultivables et inconstructibles appartenant aux héritiers Moser, furent rachetés par l'Etat. Ce dernier était submergé par le relogement provisoire des sinistrés, le délai du règlement des dommages de guerre, s'allongea en raison de longues formalités administratives, au point que Jean décida d'écrire au Ministre Maginot. Celui-ci, très heureux d'avoir des nouvelles d'un de ses anciens patrouilleurs, lui promit d'intervenir auprès de la Commission en charge des indemnisations. Néanmoins, il ne reçut ainsi que sa belle-sœur, veuve de Joseph, le montant du dédommagement attribué en compensation de la perte du domaine de Bezonvaux, qu'en 1924.

Seule Justine assista le 4 septembre 1932, à Bezonvaux, à l'inauguration du monument aux morts et de la chapelle édifiée à l'emplacement de l'église. A défaut de Marthe et de son beau-frère, elle avait espéré que l'un de leurs enfants se déplacerait. Elle ne comptait pas trop sur Rose et Roger, son mari, parents de quatre enfants, ni sur Germain, père de deux enfants, installé à Salins. Par contre, elle pensait accueillir Paul, son filleul, célibataire, employé aux Tramways électriques bisontins.

Pourtant de nombreux exilés de Bezonvaux n'avaient pas hésité à se déplacer, malgré un long voyage pour certains. Cette journée des retrouvailles fut très intense en émotion et en souvenirs.

Aujourd'hui, le visiteur qui passera devant la stèle, rappelant les exploits des patrouilleurs de Maginot et qui, ensuite, foulera le sol du Chemin de la Mémoire de ce village disparu, mort pour la France, pensera à ces gens, contraints de tout abandonner à cause de la folie des hommes. Il pensera aussi, à ces millions de tués, de blessés, de disparus qui se sacrifièrent pour garantir aux générations futures, la liberté et la paix.

BIBLIOGRAPHIE

– *Sacrifié pour Verdun – Bezonvaux, village détruit pendant la Grande guerre*. Jean Laparra, Jean-Claude Laparra - Collection Connaissance de la Meuse.
– *La Grande guerre par les Combattants 14-18*. Editeur Aristide Quillet.
– *La Grande guerre 1914-1918*. Marc Ferro - Gallimard.

REMERCIEMENTS

A Josette Midot, Guy-Louis Anguenot, Jean-Gérard Pernin, pour leur collaboration et leurs précieux conseils.

Imprimé sur papier issu de forêts gérées durablement
à base d'encres végétales et d'eau de pluie.
Achevé d'imprimer en novembre 2014
sur les presses de l'Imprimerie Schraag - 90400 Trévenans.
N° d'imprimeur : 2014110141 - Dépôt légal 3eme trimestre 2014
Imprimé en France.
ISBN : 979-10-93295-03-9

IMPRIM'VERT®

Impression à l'eau de pluie